GOBOOKS & SITAK GROUP ©

GOBOOKS
& SITAK
GROUP©

三日月書版

三日月書版

輕世代
FW130
妖怪公館的新房客
3
放課後Magic
Residence of Monsters
三日月書版

妖怪公館の新房客

《人物設定》

封平瀾

人類，曦舫國際學園高一新生。
極度樂觀，少根筋，經常搞不清楚狀況。
必須打工賺取學費生活費，使得個性上也有窮酸摳門的一面。
身兼多職導致易疲累，因此非常討厭休息時被打擾，有嚴重的起床氣。
有著手賤的毛病，熱愛肢體接觸。

百嘹

妖魔（魔蜂）。
長相俊美，心機深沉，總是帶著玩世不恭的笑容，因此極受女性歡迎。
輕佻的說話方式，讓人無法分辨其話語中是謊言還是真心。重度嗜吃甜食。
偽裝身分：學生

奎薩爾

妖魔（羽翼蛇），公館內眾妖之首。
孤高冷厲，長相英俊但萬年臭臉。對自己在妖魔界的主子雪勘皇子非常忠心。
討厭人類，但在封平瀾身上看見和自己主子相似之處，
所以不自覺對封平瀾產生微妙的好感，然後又因此感到生氣懊惱。
偽裝身分：校醫

墨里斯

妖魔（黑豹）。
火暴衝動，豪邁不羈。
個性好惡分明，喜怒形於色的硬漢。
喜歡鍛練身體，動作粗暴，常會弄壞東西。
私底下非常喜歡小動物。

希茉

妖魔（妖鳥）。
個性內向畏縮，瀏海蓋過半張臉，害怕與異性接觸。
私底下非常喜歡看重口味的少女漫畫和言情小說。

冬犽

妖魔（雪貂）。
溫柔木訥的好男人，被觸及地雷會變得非常恐怖。
喜歡做家事，有點潔癖，料理苦手。
缺點是愛亂花錢，對於家電和清潔用品毫無招架之力。
偽裝身分：學生

璁瓏

妖魔（龍）。
神經質小心眼又愛記恨的傲嬌一枚，
記憶非常好，腦中有人界和妖界的所有知識。
有搜集汽車火車模形的嗜好，但不管坐任何陸上交通工具都會暈車。
偽裝身分：學生

妖怪公館の新房客

目錄

Chapter1

清掃學校廁所時才見識到人體的不可思議，以及產出物的無限創意與獵奇

海棠的臉色很臭，殺氣重重，手中握著的棕刷彷彿匕首一般，隨之散發著強烈的殺氣。

蘇麗綰握著手帕輕掩口鼻，神色非常憔悴。宗蜮的臉比平時更加陰沉。

伊凡捏著鼻子，任性地埋怨，「好臭喔！我才不要洗這個！」

伊格爾一如往常平靜淡定，拍拍伊凡的肩以示安撫。

柳浥晨皺著眉，嘴裡低語令人冒冷汗的粗魯咒詛。「要是讓我知道是誰幹的，我會握著圖釘扯下他的蛋蛋……」

「人有三急嘛。」封平瀾乾笑兩聲，卻因憋著氣說話，笑容顯得有些僵硬。

曦舫學園教學大樓C棟，二樓男生廁所。晚上十點，夜間的影校課程已結束。

「掃具在最後一間，需要其他工具的話去值夜教師休息室找瑟諾報備。」殷肅霜站在男廁外，不耐煩地吆喝，「動作快，你們有一整棟大樓的廁所要掃。」

「為什麼我們要做這種事?!」伊凡苦著臉哀號。

殷肅霜挑眉，冷冷回應，「犯了校規就要接受處分，有什麼疑問？」

「我以為處罰會更有召喚師風格的說。」封平瀾苦笑開口，「比方對我們施咒，或是罰我們消滅下等雜妖之類的。」沒想到竟然是掃廁所。

上回和海棠決鬥引發的事件，在今天傍晚發下了處分通知。其中一項懲罰就是於影校放學後清掃教學大樓C棟的廁所。

不曉得為何，C棟是全校最髒亂的處所，除了有人使用的教室會定期打掃外，其他公共區域都非常骯髒。

「對你們施咒太麻煩了……」殷肅霜挑眉，不以為然地哼了聲，「如果直接扔個爆裂咒到你們身上就能了事我當然願意。但是傷了你們的話，協會上頭的人會吠個不停。又要體罰，又要顧及你們的安危，太麻煩了。」

「那抄課文呢？寫悔過書？」蘇麗綰小聲提議。

「太浪費地球資源，我也不想看悔過書裡語無倫次的虛偽言辭。」殷肅霜勾起殘酷的笑容，「掃廁所就不同了，既能節省人力，又能達到羞辱諸位的功效，何樂不為？而且貴家長們都已同意這個處分，不用白費口舌了。」

「幹嘛聯絡本家啊，丟臉死了。」伊凡嘟起嘴，「本家的老頭專程打越洋電話來訓了我們一頓，有夠煩的。明明就不是主謀還被牽連，真是的……」

海棠聞言朝對方惡狠狠地瞪了一眼。

伊凡裝做害怕地躲到伊格爾身後，但眼底浮著挑釁的笑意。

蘇麗綰嘆了口氣，她假日回老家也被關切了一番。柳浥晨和宗蜮倒是沒什麼特別反應，因為他們向來把別人的訓斥當耳邊風。

封平瀾沒開口，悄悄地低下了頭。

殷肅霜是通知了哥哥沒錯，但理由是「上課時間不假外出」。

他是陰錯陽差被牽入這個世界的平凡人，影校的一切、召喚師的存在，都是祕密，他不打算告訴家人，不想讓家人為他擔憂。殷肅霜也表示，影校希望他保密，若要透露身分，至少等到封平瀾成為獨當一面的召喚師以後。在那之前，知道越少，對他的家人而言也越安全。

獨當一面的召喚師啊……要成為召喚師，也得要契妖留在身邊才能當呀……封平瀾苦笑。

開學兩週就接連闖禍，上次被退宿接到了封靖嵐的電話，這次卻連電話也沒打來。

靖嵐沒有任何反應，關切、質問、責備或斥罵，全都沒有。這讓他鬆了口氣，也讓他心裡有點失落。

封平瀾甩了甩頭，將那些念頭壓回心底深深的黑盒子裡。抬起頭，揚起笑容。

哈哈哈，這樣也好，有誰像他那麼自由，做錯事也不會被罵，想當召喚師想當平凡人都可以！你真是個幸運的傢伙吶，封平瀾！

「掃廁所也不錯啊！天氣這麼熱，剛好可以玩水清涼一下！哈哈哈哈！」

其他人白了封平瀾一眼。

殷肅霜沒好氣地搖搖頭，「快點動工吧，最晚十一點必須離開，做不完的留到明天。

離開前去找瑟諾過來檢驗進度，他是衛生組的幹事之一。」

「那傢伙是衛生組的？」伊凡瞪大眼，「他自己看起來就很邋遢……」

「衛生組的成員不需要每個都非常勤奮，這樣要懲罰不守規矩的蠢貨時才有事可做。」殷肅霜語畢，轉身離去。

殷肅霜離開之後，眾人互看了一眼。

「現在要怎麼辦？」

這是處罰，必須由犯錯者親自處理，契妖不得協助。事發時伊凡也在現場參與了行動，所以被算入處罰行列之中。

「動手掃啊。」柳浥晨立即開始分派工作，「先把這區的男女廁掃乾淨。一人負責五間，剩下兩個人負責清掃廁所內走道。」

「好！那就開始動手吧！」封平瀾挽起袖子。

等到收拾完畢，已經接近十一點了。

海棠抽出符紙，透過紙蝶傳訊到值夜教師休息室。五分鐘後，拖沓的腳步聲從走廊彼端傳來。

接著，身穿白色汗衫和四角褲、腳踩藍白拖的瑟諾出現。

瑟諾抓了抓下巴，「全都清理好了？」

「只有這一層樓的男廁清理完畢。」柳浥晨回答。「你檢核完我們才能走。」

「喔，這樣啊……」瑟諾點點頭，接著走入男廁。

片刻，一陣細水潺潺聲響起。

外頭的人愣愣，面面相覷。

「他是在小便嗎？」伊凡不可置信地開口。

水聲漸弱，停止，接著是沖水聲。隨後，瑟諾從裡頭走出。

「地面很乾淨，但便器裡側還有點髒。明天再加強清洗，速度也要加快……」瑟諾順手拍了拍站在自己面前的伊凡肩膀，「總之，辛苦了。」

伊凡盯著瑟諾的手，整個臉垮下。「你沒洗手！」

「正要洗。」瑟諾走向洗手臺，伸手按了兩下給皂器，排皂孔緩緩滴下一滴灰綠色的黏稠液體。他淡然地把生霉的洗手乳沖掉。「……這個要換了。明天去總務處拿填充包。」沖完手，隨意地往空中甩了甩，水珠濺灑在守在廁所前聽令的學生臉上。

學生們倒抽了一口氣。有人苦惱地皺起眉，欲哭無淚；有人則是握緊拳，想朝著那邋遢鬼連續暴擊以解心頭之怨。

但是沒人多言，大家只想快點離開，盡早結束這場惡夢。

眾人各自散去。封平瀾望著海棠，笑著開口，「我們一起回家吧。」

海棠冷哼一聲。「不需要。」

「哎呀，我們現在住在一起，就算你想自己走，我們還是會同路呀！」

「你自己走，我們不會同路。」

一到校門口，便看見曇華清麗的身影站在外頭等候。

海棠走向曇華，很順手地把背包和提袋遞向她，她也非常自然地接下。

「晚上好，平瀾少爺。」曇華禮貌地問候封平瀾。

「快點走，我累了。」海棠不耐煩地催促。

「是的。」曇華握起海棠的手，踩著的地面泛起花朵般的光暈，包裹著她與海棠兩人。

「你們要用咒語回去？」封平瀾瞪大了眼，「這樣不是違反校規……」

「誰管它。」海棠才不在意。

曇華看著封平瀾，遲疑了片刻，開口，「……需要帶你一程嗎，平瀾少爺？」

海棠皺眉。但是，他沒出聲制止。

「噢，不用了，我想騎車去買些宵夜，不用麻煩啦。」

曇華露出惋惜的表情，對封平瀾微微躬身道別，接著發動咒語，花朵狀的光暈緩緩捲闔，當完全閉上的那一刻，海棠與曇華已不見人影。

封平瀾看著兩人消失的位置，搖了搖頭。

希望海棠回家後不會和其他人起衝突……就像前天晚上剛入住時一樣。

回想起當時情景，封平瀾忍不住苦笑。

兩天前。

當封平瀾把海棠與曇華帶回家時，除了冬犽和不在場的奎薩爾以外，其他人的表情都臭到像是看見煞車失靈的水肥車衝撞進屋子並將裝載物灑了一地。

「大家的表情怎麼這麼嚴肅？有客人來訪，氣氛歡樂點嘛，哈哈哈哈！」封平瀾笑裡帶著點心虛。

「所以，這是表示我們可以盡情揍他？」墨里斯摩拳擦掌地瞪著海棠，「不然，我實在想不出這傢伙出現在此的其他理由。」

海棠嗤聲，露出一抹不屑的傲笑，「哼，很顯然，你的腦子和你的外貌一樣蠢。」

墨里斯指尖暴出利爪，但曇華立即擋到海棠前方。她並未抽刀，也沒有防備，而是以謙恭卑微的姿態護在主子之前。

墨里斯看出曇華的心思，收回爪子低啐，「叫那小子嘴巴放乾淨。」

「怎麼，怕聽見真相嗎？」海棠火上加油地回了句。

墨里斯暴怒，「我要宰了這狗雜碎！」

「海棠少爺——」曇華苦著臉，一面防守著墨里斯的動作，一面回頭對主子投以哀求的表情。

「啊呀呀，我漸漸對他有好感了呢，呵呵呵……」百嘹雙手環胸，悠哉地看著眼前鬧劇。

海棠用下巴指了指封平瀾。「要不是這傢伙求我，我才不想來住這鬼地方！廢物！」

「你才廢物——慢著！」墨里斯動作驟止，「你要來住這裡？」

海棠翻了翻白眼，「不然你以為我們提行李箱過來幹什麼？」

「行李箱？我以為那是寒酸的小棺材，裝你這小雜碎的屍首正好！」墨里斯轉頭瞪向封平瀾，「你讓他來住這？嗯？你好樣的，封平瀾！」

封平瀾不好意思地抓了抓頭，「那個，因為海棠被退宿……」

「噢，那很好啊。」璁瓏插話。

封平瀾苦笑，繼續開口，「而且他的家人也沒給予支援，導致海棠無家可歸。他前兩天是在公園裡露宿呢！」

「這麼重要的事你竟然現在才講！」墨里斯以驚訝中帶著責備的語氣開口。

封平瀾眨了眨眼，「墨里斯……」沒想到墨里斯如此善良，他原本還擔心海棠會和大家處不好，看來是他多慮了——

「你要是早點說的話，我就去公園埋伏把這孽障宰了，直接棄屍在那個長滿水藻的小池塘裡。」墨里斯悻悻然地說著。

「希茉……不習慣有外人……」希茉小聲地提出反對意見。

「呃……」封平瀾尷尬地輕笑兩聲，把目光移向一直沒開口的百嘹，「那個，百嘹你覺得呢？」

「我覺得？」百嘹叼著棒棒糖坐在沙發上，蹺著腳，懶懶回首瞥了封平瀾一眼，挑眉輕笑，「我覺得重點不在於你邀了誰，而是你憑什麼認為自己有權利邀人入住？這屋裡不缺寄人籬下的客人吧？呵呵呵……」

有外人在場，百嘹委婉地暗示封平瀾自己也是洋樓裡的客人。

「呃！我知道……」封平瀾聽出了百嘹的弦外之音，解釋道，「可是我覺得海棠在外面很危險——」他無法放任海棠不管……

「放隻瘋狗在外頭的確會造成一般民眾的危險。」

「冷靜點啦，不要那麼凶嘛！」封平瀾連忙安撫，「……海棠在被玖蛸拷問時，完全沒有說出我們的關係，玖蛸一直到我喚出影刃才知道我們和奎薩爾有關聯……」

「我只是不希望曇華被牽連，我不准別人動我的東西！你們的死活才與我無關。」海棠立即反駁。

墨里斯露出了「你看吧！」的表情。

「而且海棠擔下了所有責任，所以我們才沒有受到重大處分，反而是他被退宿，無處可去。」

「這是他挑起事件的肇端，本來就該自己負責。」墨里斯斥聲，「就算這件事解決了，誰保證未來不會有類似的事發生？總之，我不信任這傢伙！」

「若是不歡迎的話，我立即就走！我也不想看一群廢物的臉色！」

「你是哪隻眼睛看到我們歡迎你了？」

「別這樣啦，不是有句話說『昨日的敵人就是今日的朋友』嗎？反正大家都沒有損失，就算了嘛。大家相親相愛——」

「誰想和他相親相愛！」墨里斯怒斥。

「噢！所以你只想和我相親相愛嗎？」封平瀾露出受寵若驚的表情，「墨里斯，沒想到你這麼熱情，但這麼濃烈的愛不該讓我一人獨占——」

「你他媽又在胡說八道個什麼勁！」

「噁心……」海棠不屑地抱怨。

「你才噁心！你長得像垃圾魚但不會吃垃圾也不會拉五彩便便！」璁瓏不干示弱罵道。

眾人一言一語，誰也不相讓，場內陷入混亂。

冬犽始終掛著微笑，默默清掃著已經很乾淨的地面。

百嘹察覺到冬犽的異常沉默，玩味地笑著點名。

「你安靜夠久了，該說句話了吧。」

冬犽抬起頭，雲淡風輕地說著，「我信任曇華，而他是曇華信任的人。我也尊重平瀾的決定。」他轉頭看著封平瀾，投以溫柔的笑容，「二樓和三樓都有空房，乾淨床單放在洗衣間的櫃子裡，有勞你為客人帶路。」

墨里斯等人沒料到冬犽會這樣回應，全愣在原地。

封平瀾趕緊趁這空檔帶著海棠上樓，在經過冬犽身邊時低聲說道，「謝謝你……」

冬犽回以一貫的淺笑。

看著封平瀾和海棠、曇華離去的背影，妖魔們不可置信。

「你在想什麼啊！」

「你竟然同意他的愚蠢決定?!」

「這樣……很不好……」

「我等著聽你的理由。」百嘹雙手環胸，看著冬犽，「什麼時候連你也變得和封平瀾一樣『天真善良』了，第三軍團長?」

冬犽緩緩說道，「我了解曇華，她願意服從海棠，代表海棠並非外在表現得那麼一無是處，收留他們對我們無害。」

「但也無益。」百暸反駁。「你不該順著封平瀾，放任他的天真愚蠢。」

「雖然愚蠢，但不這麼做的話就不是平瀾了。」冬犽冷靜地開口，「我們不也是受惠於他的天真和『愚蠢』，才有現在的日子？」

墨里斯挑眉，「什麼意思？」

「不計代價地對人釋出善意、付出關心，這是平瀾的本質。既然因為這樣的本質而得利，那麼，忍受這個本質帶來的困擾，似乎也是應該的……」冬犽揚起笑容，「這是我的想法。」

妖魔們微愕。

確實如此……

封平瀾當初不求回報地幫助了萍水相逢的眾妖，幫他們隱瞞身分、熟悉人界，甚至無條件和他們締約，加入影校，離開了常軌上的生活。

只有封平瀾如此「愚蠢」的人，才會做出這樣的事。

「因封平瀾的『愚蠢』而享盡好處，卻在他人也因這愚蠢而受惠時跳出來斥責反對，這樣子似乎有點……卑劣？」

妖魔沒開口。冬犽的意思他們能理解，他們向來對見風轉舵的人感到不齒，更不允許自己也做出那種見利忘義的行為。

但此刻面對的人是海棠，理智上知道該接受，情緒上無法忍受。

「況且，三皇子的追兵若是出現，曇華看在這份恩情上，會站在我們這方，為我們戰鬥。」冬犽再度補充。

妖魔們互看一眼，原本排斥反對的氣焰，頓時消散了不少。

「那，至少不能讓他白吃白住。」璁瓏撇了撇嘴，「還有，我有二樓大浴缸的優先使用權。」

冬犽淺笑，「我會提醒他們的。」

墨里斯沒好氣地哼了聲，「奎薩爾知道嗎？那傢伙沒意見？」

「稍早和他提過，他只留了一句話，」冬犽停頓一秒，重述著那高傲自信的話語，「『不足為懼的小角色，毋須在意。』」

「踐個什麼勁……」墨里斯搔了搔下巴，「我先挑明了，那小子要是惹到我，我還是會修理他。」

希茉欲言又止，最後妥協。

璁瓏、希茉和墨里斯各自嘀咕了一陣之後，陸續退回寢室。百嘹卻仍坐在沙發上，似笑非笑地盯著冬犽。

「怎麼了？」冬犽笑著詢問。

「我可沒那麼好打發。」百嘹勾起嘴角，「你事先知道封平瀾的主意卻不說，等人都進屋上樓了才說出剛才那番話，讓我們沒有事前阻止的機會，是不是？」

冬犽沒回答，只是揚起了淺淺的微笑。

封平瀾領著海棠參觀房子，曇華提著行李跟在後頭。

「一樓是希茉和墨里斯住，目前沒有房間了。百嘹和璁瓏住二樓，二樓還有兩間套房，另外有間浴室，裡面的大浴缸可以泡澡。啊，對了，這裡沒裝冷氣，天氣太熱的話冬犽會召喚涼風，非常省電。屋裡有無線網路，不用輸入密碼——」

「我記得這房子是傳聞中的廢棄鬼屋，」海棠忽地開口，「為什麼變成你們的居所？」

「呃，這其實說來話長，反正現在住的也不全是妖，勉強算是半個鬼屋吧哈哈哈……」

「你和契妖的相處方式很奇怪。」海棠繼續開口，「你不像是能操控他們的主子，也不像是因為無能而有求於他們。」

既不是上對下的主從，也不是利益交換的雇傭。封平瀾和六妖們的互動方式他從沒見過……

若是繼任的主子無能，繼承來的契妖通常會明顯地表現出輕視和不耐，但六妖對封平瀾的態度雖然無禮放肆，卻沒有任何一絲不屑與輕蔑。

他們之間發散著一種獨特的氛圍。

封平瀾抓了抓頭，「會奇怪嗎？」

海棠盯著封平瀾片刻，轉而開口，「你住哪一樓？」

「三樓。」

「那我也住三樓。」

封平瀾驚訝地摀住嘴，「天啊！海棠！你這麼不想和我分開嗎？我太感動了！我們晚上可以一起寫作業，一起玩遊戲機，甚至可以來個睡衣派對！我一直很想嘗試真心話大冒險，我可以先透露，我的初戀對象是幼稚園老師，目前沒有喜歡的人，至今仍是處——」

「閉嘴！」海棠怒斥，「我住三樓的原因是哪天你的妖魔打算對我不利時，我可以就近挾持你當肉盾！」

「墨里斯他們或許態度有點凶，但不會對你不利的啦。」封平瀾笑著開口。

海棠嗤聲，「並不是所有接近自己的人都心懷善意。就算一開始是，也不知道之後會不會變質。」他盯著封平瀾，「你無法確定惡念會隱藏在哪，會從哪萌生……」

封平瀾望著海棠，「那，海棠也有可能對我產生惡念嗎？」

海棠勾起一抹獰笑，「或許。」

「咦？」封平瀾吸了口氣，驚訝地道，「海棠想對我不軌嗎？」

海棠瞪大了眼，破口咆哮，「你在胡說什麼！白痴！智障！低能！弱智！白痴！」

「你說了兩次白痴。」

「閉嘴！你會後悔的！我會讓你後悔的！」海棠忿忿然地扭頭，逕自步上三樓。

曇華趕緊跟上。

「左邊的房間沒人住喔！右邊第一間是我房間，你要是晚上覺得空虛寂寞覺得冷，隨時可以來我房裡——」

「砰！」回應封平瀾的是重重的摔門聲。

思緒回到眼前。

夜晚的街道沒什麼人車。鵝黃的路燈，在黑色的柏油路上投下一圈一圈的光，有如照著舞臺的聚光燈。

封平瀾哼著歌，踩著腳踏車，穿過街道。

在行經某轉角處時，他看見了熟悉的雪白人影正站在街角。

「冬犽！」封平瀾認出來者，開心地加速衝向對方。「你怎麼來了？」

「來接你呀。」冬犽漾著溫柔的笑容回應，「一起走吧。」

封平瀾用力點了點頭，開心地踩著腳踏車前進。冬犽則是維持著速度，跟在封平瀾身邊。

「今晚過得如何？」

封平瀾把被罰掃廁所的事大致描述了一番，咧嘴一笑，「雖然有點累人，但是很有趣！」

「這樣呀。」冬犽笑著點點頭。

封平瀾騎著車，沉默了片刻，開口，「冬犽，我的作為是不是給大家帶來麻煩了啊……」

「我相信你知道自己在做什麼。」冬犽柔聲說著，語調裡有股令人安心的力量，「不用顧慮我們，就照你的意思吧。」

「嗯嗯！」封平瀾點點頭，放心了許多，「冬犽人真好……」

「比不上你對我們付出的善意。」

「不不不，冬犽真的是超優質的好男人！」封平瀾發出三八的嘿嘿傻笑，「如果我是女生的話，一定會想盡辦法嫁給你！哈哈哈哈哈！」

面對封平瀾的瘋言瘋語，冬犽沒有不悅或排斥的神色，依舊漾著和煦的笑顏，溫柔地輕語，「那是我的榮幸。」

夜幕掀起，晨光降臨。新的一天開始。

洋樓一早就沉浸在不耐煩的氣氛裡，一種出於不習慣的尷尬，讓人非常不自在。

桌上放了兩份吐司。墨里斯啃著全麥餅乾，瞪著多出來的那份，不悅地哼了聲。希茉喝著馬克杯裡的酒，目光也停在多出來的那個空位上。

「為什麼有兩份人類的食物？」璁瓏質問。

「因為多了個人類客人。」冬犽回應。

「但昨天沒準備。」墨里斯也加入質問。

「昨天一時來不及準備，所以沒有。」冬犽停下手邊的動作，笑著反問，「你是在嫌我對客人招待不周嗎？」

「那不是客人，而是不請自來、惹人討厭又不容易驅散的寄宿者。」墨里斯憤憤然地吞下餅乾，「就像白蟻。」

「我們可以在那份吐司上加點農藥。」璁瓏皺眉低語，「除滅害蟲……」

冬犽淺笑，沒再多言。

梳洗完畢的封平瀾走下樓，坐入老位置中。他瞥了空位一眼，好奇開口，「海棠呢？」

「誰知道。」璁瓏哼了聲，「明明有著卓越的智力卻毫無常識，盡做些荒唐愚蠢的行為。你的腦子裝在你身上根本浪費！就像是擁有尖端性能的電腦，卻被拿來當電暖器使用！」

「啊呀啊呀，那是兩回事嘛。」封平瀾啃了口吐司，對著璁瓏曖昧一笑，「那，璁瓏想被我溫暖嗎？」

「閉嘴！吃你的東西！笨蛋！」璁瓏重哼了聲，賭氣地撇頭喝著牛奶。

封平瀾聳聳肩，繼續吃著自己的早餐。

他可以理解璁瓏他們不滿的原因，畢竟海棠之前不斷找他麻煩，甚至還引來玖蛸，造成不小的騷動。

而且，海棠不曉得他和六妖之間的關係。

海棠一直以為他是某個召喚師世家的無用傳人，沒有半點能力卻繼承了六名強大的妖魔。這讓他們得更加小心地隱瞞真相，即使在家中也得謹言慎行，無法自在地行動。

封平瀾啃完吐司，看了看鐘。通常七點時他已騎著腳踏車前往學校，但加入影校後，他偶爾也和六妖一起搭公車。冬犽會施個小咒語，讓他的步伐變得非常輕盈，三分鐘之內能到達山下的公車站。

雖然校方不准學生在校外使用咒語戰鬥，但一些日常小魔法是可以被容忍的。

「海棠他們是不是已經離開了？」昨天海棠走得很早，他起床時兩人已經不在了。

「沒，兩個人都還在房裡。」

「這樣喔？」封平瀾不解地偏頭想了想，「我去看看好了……」

「我也去。」墨里斯跟著起身。「誰曉得那傢伙是不是故弄玄虛，想搞些小手段暗算你。」

「不會啦，這兩晚不是都沒事嗎？」

「那是因為晚上奎薩爾在屋裡，況且諒他再大膽也不敢第一天來就放肆！」

兩人上了樓，在樓梯口就遠遠聽見曇華苦口婆心的催促聲。

「少爺，該起床了，真的來不及了……」

墨里斯敲了兩下門，不等裡頭回應就把門推開。門扉敞開的那一刻，就看見海棠側躺在床上，背對著曇華，完全不理會對方的叫喚。

「他還沒醒？」墨里斯挑眉。

「海棠少爺早上血壓較低，很難叫醒……」曇華不好意思地開口。

「昨天不是挺早就走了？」

「第一晚少爺還不適應，所以整晚沒睡，大清早就去學校了。今天的話就……」

事實上，海棠是因為不想和六妖及封平瀾碰頭才提早走。他不習慣別人對他有恩，更不習慣對別人表現感恩之情，特別是對自己曾經刁難過的人，那令他極度彆扭不自在。

海棠本打算每天早上都不告而別，避開封平瀾一行人，但他高估了自己的毅力。

「真是麻煩的傢伙。」墨里斯冷哼。

「妳和海棠睡同一張床嗎？」封平瀾看著房裡唯一的單人床。

「當然不是，」曇華笑著開口，「契妖怎能和主子同榻而眠？我是睡在結界裡。」

「這樣喔。」封平瀾點點頭，「但如果奎薩爾想和我一起睡的話，我一定張開雙手雙腿歡迎。墨里斯也是喔！」

「吵死了！」墨里斯瞪了封平瀾一眼，然後看向曇華，「這是那傢伙的命令，還是妳自己決定這麼做的？」

「魏家歷任的召喚師都如此要求契妖，在與海棠立契之前，我便是這麼被規範，已經習慣了。」她淡淡地笑了笑，接著看向床上的海棠一眼，無奈地嘆了聲。「看來一時間是叫不醒了……」

曇華掀開棉被，小心翼翼地將海棠翻過身，然後解開對方睡衣的鈕子。

墨里斯和封平瀾同時錯愕。

「妳、妳想幹嘛？」

「幫少爺換衣服，節省時間。」曇華動作流利且輕柔地剝下睡夢中的海棠的衣服，然後拿起制服襯衫，靈巧地套上他的軀體，看來已習慣做這事。

過程中，海棠不時發出不悅的咕噥聲，似乎已在夢境與現實的交界帶。

封平瀾回想起上回在宿舍寢室裡見到海棠時的情景，恍然大悟。

原來是這麼一回事呀……真是位任性的少爺呢……

墨里斯可看不下去，「和奶娃一樣要人照顧，平時還敢張牙舞爪！」

「好吵……」海棠低喃。

「海棠少爺，平瀾少爺和墨里斯來看你了，時間不早，該醒了。」

「囉嗦……」海棠翻了個身，縮回被中，讓曇華很難幫他繼續更衣。

「海棠少爺，請轉過身，這樣無法穿上衣服——」

「夠了！」墨里斯受不了，決定出手制止這荒謬的鬧劇，「交給我。」

墨里斯逕自走到床邊，略微矮身，蠻橫地將整張床連著床架狠狠掀起。

「砰！」木質床架撞上牆壁，發出彷彿要解體的震耳巨響。床墊、棉被及床上的人，都狠狠地落在地板上。

「唔！」

海棠發出吃痛的悶哼，被強硬地從睡夢中拉回現實。他從地板上坐起，惡狠狠地瞪著站在另一側的封平瀾和墨里斯，「誰准你們進來了?!廢物！」

「這是我們家。」墨里斯雙手環胸，居高臨下地提醒，「是我們准你進來，你才是不該出現在這裡的東西。」

海棠瞪向曇華，「妳在搞什麼?為什麼不阻止他們?!」

「平瀾少爺和墨里斯大人也是一番好意，他們擔心你遲到，所以特地上來關切……」

「我只擔心這乳臭未乾的小鬼尿床，弄髒我們的床墊。」墨里斯不以為然地反駁曇華的說詞，他才沒必要討好這死小鬼。

「現在幾點?」海棠抓起鬧鐘，「才七點五分!妳叫我幹嘛!」

「這裡不是宿舍，不能睡到二十分才走啦。」封平瀾笑著提醒，「而且冬犽已經準備好早餐囉，趕緊下來吃吧!」

海棠看向封平瀾，對方站在窗前，燦爛的傻笑和朝日的光芒一樣，過分明亮，亮到刺眼。

他悻悻然地撇開頭，下令，「出去，我要更衣。」

墨里斯挑眉，「你他媽真以為自己是這房間的主人了?小雜碎!」

封平瀾趕緊連拖帶拉地把墨里斯帶走，以免他剝了海棠的皮。

兩人回到餐廳後，片刻，海棠下樓了。他臭著臉步向餐桌。

「這邊這邊!」封平瀾熱絡地向海棠招手，拉開自己身旁的椅子，「坐這裡!」

海棠沒坐下，他瞪著放在空位上的白吐司，挑眉，「你說的早餐就是這個?!」

「是啊！」封平瀾把裝著吐司的餐盤推向海棠，「這是學校附近的麵包店買的，很好吃喔！」

「這麼寒酸的食物，我沒食欲。」

坐在餐桌旁的契妖們臉色沉下了幾分。

曇華立即躬身致歉，「真的很抱歉，海棠少爺對飲食的要求比較特別，所以對這種精簡樸素的食物一時無法適應……」

「不不，妳太客氣了，確實是我們招待不周。」百嘹輕笑著回應，接著轉頭對著冬犽開口，「明天開始，親手做飯給他吃吧，冬犽。」

璁瓏、希茉和墨里斯對這提議深表讚許，用力點頭。冬犽則露出為難的苦笑。

只有海棠不明所以，還覺得這提案不錯。

封平瀾看了看錶，「快來不及了，還是先走吧。」

眾人紛紛起身，準備上路。

海棠瞥了吐司一眼，哼了聲，最後還是拿起吐司，囫圇吞棗地將它塞下肚。

出了門，海棠默默地跟在封平瀾一行人後方，走了一小段路後忍不住開口。

「你們要去哪?」

璁瓏等人回頭，不解地看著海棠，「去學校啊！」

「去學校？這樣去學校？」海棠似乎不可置信。

「冬犽，那吐司是你親手烘焙的？」墨里斯盯著海棠，狐疑地發問。「這傢伙好像不對勁。」

「那是我親手買的……」

「放心，不是走去學校，我們只是要走去搭公車啦。」封平瀾解釋，「最近的公車站牌要到山下才有。」

這樣的解釋只讓海棠更加驚訝，「你們沒有車？」

「哪來的車啊？又沒人會開。」墨里斯沒好氣地開口，「而且有人沒辦法坐。」

「少囉嗦！」璁瓏不悅地斥了聲。

海棠盯著封平瀾，「你是不是也犯了過，得罪你的宗家，所以才淪落至此？」

一般召喚師世家的財力都不錯，封平瀾還繼承了六隻妖魔，可見其勢力必定非常龐大。大家族的召喚師，為了自身的隱私和安全，會盡量減少在公眾場合露面的機會。封平瀾卻過得如此陽春，和他被處罰前的優渥生活完全無法相比。

「這哪算淪落呀，」封平瀾笑著開口，「我覺得現在的日子是我過得最開心的時光呢！」

「所以你是和本家的人處得不好？」封平瀾不像他那樣叛逆挑釁，感覺並不是會和人起衝突的人。即使是因為能力差而被冷落，但大家族顧門面，應該不至於讓重要的繼承者過得這麼落魄。

這傢伙到底是什麼來頭？

「或許被你說中了喔，哈哈哈哈哈。」封平瀾依舊笑著，笑得更加燦爛。

海棠盯著封平瀾，「你到底……」

「沒想到才同居兩天，海棠就變得這麼關心我，我超感動的！」封平瀾笑呵呵地說著，「早知道同居就能增進感情，當初用搶的也要把海棠打包帶回家過夜。說不定我們現在已經手勾著手一起上課呢，哈哈哈哈哈！」

「那種事絕不可能發生！白痴！」

Chapter2

五十年前死去的人化成怨鬼，作祟時卻穿著當季最新款的PRADA，這才是道地的超自然現象

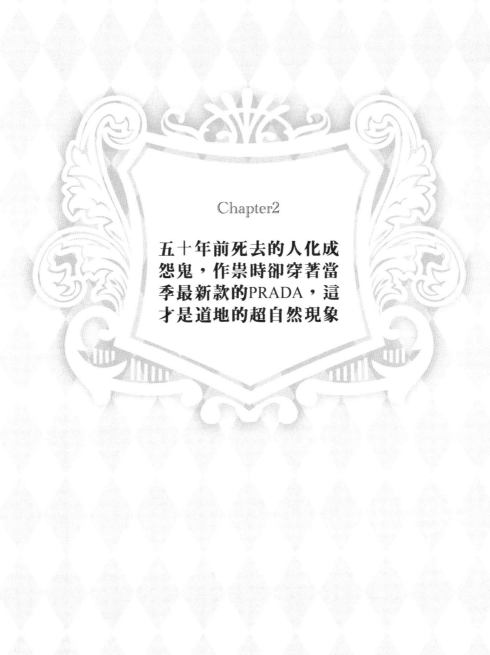

早上的課堂時光平靜地度過。但是到了中午，封平瀾和契妖們便接到通知單，被集合到辦公室。

「你又做了什麼？」璁瓏邊走邊喝著牛奶，沒好氣地詢問。

「不知道耶。」封平瀾抓了抓頭，「啊，該不會是我昨天晚上在飲水機洗頭被發現了吧？」

「你幹嘛在飲水機洗頭？」

「昨天掃廁所時被髒水噴到，那時伊格爾在水槽洗拖把，所以我只好跑去飲水機洗。」那枝陳年拖把上臭味濃濁得讓他不想把臉靠近水槽。

行經行政大樓前的走道時，他們遇見了宗蜮和柳浥晨。

「班長！宗蜮！」封平瀾對兩人揮手，對方手中也拿著通知單，「你們也在飲水機洗頭嗎？」

「誰像你一樣。」柳浥晨皺眉，看起來有些煩躁。

「沒想到嚴謹守規的柳同學也被叫來辦公室。」百嘹笑著調侃，諷刺味極重，「該不會……殺了人吧？」

「沒那麼容易死啦。」柳浥晨不以為然地揮了揮手，但隨即意識到自己失言，立即改口，「呃，只是稍微清理市容，肅整社會風氣罷了。」

班長，妳到底做了什麼……

「宗蜮你呢？」

「……我好像把手提袋忘在停屍間……」宗蜮苦惱地低喃。

眾人聞言，一片沉默。

行政大樓二樓整層都是導師辦公室，每個老師都有自己專屬的個人空間。一行人找到掛著殷肅霜名牌的門板，還沒開門就聞到一股淡淡的藥草味。

進了辦公室，只見兩旁櫃子堆滿了瓶罐壺甕，各色藥草擺放在架上，所有的味道交雜在一起，形成一股難以言喻的複雜氣味。而殷肅霜坐在辦公桌後，浸泡醃漬在這味道之中，看起來也彷彿是藥材之一。

殷肅霜見到來者，沉著臉開口，「你們——」

「我只是洗一下頭而已，因為我想快點把髒水沖掉！」

「是那些混混主動挑釁，我沒想到他的車一踹就倒！」

「……我只是剛好路過，那位小姐的死因與我無關。」

話語未落，就被三人搶著答辯的話語給打斷。

殷肅霜挑眉，繼續開口，「……我要說的是，你們幾個還沒參加社團。」

「噢……」三人明顯地鬆了口氣。

「但我對你們剛才說的內容非常有興趣。」殷肅霜手撐著頭，「或許我該另外找個時間來談談……」

三人露出了扼腕失算的表情。

「一定要參加嗎？」璁瓏發問。「連我們也要？」

契妖們對於這多餘的事只覺得麻煩。

「對。曦舫規定學生至少必須參加一個社團，數量沒有上限。」殷肅霜遞給封平瀾一疊簡章，「只剩你們八個完全沒有社團。」

開學後發生的事太多，封平瀾完全忘了這回事。他將簡章分給契妖，自己沒拿，因為他在開學之前已大致翻閱過了。

「已經要陪這傢伙上夜間的課了，連假日都得耗在一起？」墨里斯表明了不耐，興趣缺缺地接下社團簡章。

簡章裡除了介紹各個社團，也詳述社團活動的相關規定和細則，例如評分方式、教室與設備借用申請、成果發表、社團權限，以及成立社團的條件等。

因為影校的存在，大部分社團是在中午或週末進行活動，這點也導致曦舫的社團並不多元。

「契妖和召喚師可以選擇不同的社團，這點沒硬性規定……」殷肅霜解釋，接著看向柳浥晨，「妳退社四天了，至今還沒有加入新的社團。」

「我還沒找到興趣相投的。」

殷肅霜接著看向宗蜮，「至於你，你被退社後目前也是沒有社團。」

宗蜮聳肩，彷彿一點也不在意。

「你們還有一週的時間可以考慮。到月底還是沒社團的話，就強制分派到儀態美學研習社。」

柳浥晨聞言臉色驟變。

「那是什麼？」

「葉珥德指導的社團。以美姿美儀、社交禮儀和氣質養成為研修內容。」柳浥晨打了個寒顫，「我就是從那裡逃出來的。」

「這樣喔。」封平瀾偏頭想了想，「可是我們八個全加入的話，社團不會爆滿嗎？」

「這點你不用擔心。」殷肅霜笑了笑，「社團成員數原本是一人，現在是零人，我相信葉珥德永遠不會嫌社員多。」

殷肅霜看了看鐘，下逐客令，「趁中午去參觀社團吧。下一個受訪者要到了，不送。」

離開辦公室，一行人走在路上，百無聊賴地翻著社團簡章。

「煩死了……」璁瓏用力翻著冊子，「盡是些無聊的東西！為什麼和車有關的社團只有單車社?!」

「那個很有趣喔，假日時可以騎單車到處遊玩耶！」封平瀾回憶著當初看到的簡介內容。「我們可以一起騎。」

「靠人力發動的車不算車！我才不要當馱獸！」

「點心製作社似乎不錯。」百嘹勾起嘴角，「我有自信讓社員們會搶著餵食我甜點，呵呵呵……」

希茉看著影劇社的簡介，眼睛一亮，不曉得有沒有她喜歡看的劇集……

墨里斯翻著簡章，忽地眉頭一皺，定睛在頁面上的某處，猙獰萬分。

欄位一隅，印著「流浪貓關懷育護社」。

「那些社團早就額滿了。」柳浥晨直接打斷眾人的幻想，「唯一沒有人數限制的只有召喚生限定的社團。」

「召喚生限定？」他怎麼沒聽說過有這樣的社團？

「妳是指這些閃著紅光的社團？」百嘹輕笑，「我還以為標注紅字是特別無聊的意思呢。」

「紅光？」有那種東西？「借我看一下。」

璁瓏把冊子遞給封平瀾，他隨手一翻，果然，在社團簡介欄裡，有好幾個社團字樣閃動著暗紅色的光。這是他在開學領到冊子時沒注意到的。
「這是影校學生特有的簡章嗎？」
「全校每個人都一樣，只是上面用的特殊墨水只有影校學生看得到。」柳浥晨狐疑地開口，「你開學時沒拿到？」
「呃，我拿到沒多久就弄丟了，沒仔細看過，哈哈哈……」封平瀾隨口搪塞，「所以，只要是紅字，就能參與？」
「基本上是，不過有些社團有入社門檻，看備註欄。」
有幾個社團的備註欄裡，標示著「限定平均能力三級以上參與」或是「限定體術五級以上參與」等字樣。其中一個備註欄寫著「參加此社武術課可酌量加分」，目光向前移，原來是「儀態美學研習社」。
「唯一沒有限定的，只有戲劇研究社、超自然研究社和魔術研究社。這三個社團是學校最大的社團，也是影校學生集中的三大社團。」
「啊，這三個社團理睿都填過入社申請，但全都沒通過。他一直以為自己被列入某種黑名單中，導致有漂亮女生的社團不接受他入社呢。原來是因為影校生限定呀，哈哈哈！」
「對於想入社的一般生，會在入社考試那一關把他們打發掉。不過白理睿例外，他連考試都沒有就直接被打槍。」柳浥晨開口。

「不是已經有戲劇社、魔術社了？兩者有差嗎？」

「那是給一般生參加的。加了『研究』兩字，代表純學理研究、不實作。」柳浥晨解釋，「戲劇社的學生表演戲劇，戲劇研究社的學生專攻劇本創作、表演理論、舞臺設計、特殊化妝和道具製作；魔術社的學生學魔術表演，魔術研究社的學生專攻破解魔術；超自然研究社則剛好相反，以實地考察為主。」

「幹嘛搞得這麼複雜？」

「基本上影校的學生未來都會加入協會，甚至在協會工作。而協會存在的目的就是穩定現有社會秩序，避免不從者和妖魔的攪擾。」

柳浥晨說明道，「這三個社團便是學習執行任務的基本能力。超自然研究社是學習『探勘』，九成的靈異現象是妖魔所為，超自研得搜集事件，實地勘察判斷是謠言還是妖魔作亂；戲劇研究社是學習『偽裝』，依任務編寫劇本、角色，並分派演員，潛入現場執行任務時不引人注目；魔術研究社是學習『掩飾』，例如有人目擊妖魔飛行，魔術研的人就要想辦法用魔術手法重現，以科學方式證明那些超自然現象都是『假的』。如果是小事件的話，偶爾也會派超自研的人偽造靈異現象或傳說來掩飾真相。」

「好酷喔！」封平瀾忍不住咋舌。

璁瓏不以為然，「真麻煩，直接催眠或暗示不就好了？」

「那樣會有風險，不是每個召喚師都能讓咒語穩定進行。而且咒語可能會引起敵對者的注意。」

「小蜮兒，你原本是什麼社團啊？」封平瀾忽地把注意力轉到默默跟在一旁的宗蜮身上。

突然被點到名，還是這種奇怪的暱稱，宗蜮皺眉，幽幽地轉過頭，「……你叫我什麼？」

「小蜮兒呀。還是你比較喜歡小蜮子？」

「我不喜歡這個稱呼……」

「那，大蜮兒怎樣？」

重點不是大或小……雖然心底抗議著，但他不想和封平瀾爭辯，以免換來更奇怪的名稱。

「戲劇研究社……」

「小蜮兒做了什麼被退社呀？」

「我是道具製作組。在做喪屍的模型時，為求逼真，所以到醫院借了實物參考……」

這傢伙也太亂來了吧！眾人心裡想著。

「然後呢？」封平瀾完全不在意，逕自追問後續發展。

「我做得太好，連自己都分不出真假，結果就還錯了……」宗蜮竊笑，笑裡帶了些得意，「但週一就被識破……因為味道的緣故……嘻嘻嘻……」

沒人笑得出來。宗蜮整個人散發著詭異至極的氣質，令人毛骨悚然而不自在……

除了一個人。

「超強耶！」封平瀾用力拍手，「那你可以幫我做我的模型嗎？這樣子以後要蹺課超方便的！啊，不對，先幫我做一個奎薩爾的娃娃，要等身大喔！我要放在房間裡，哈哈哈哈哈！」

宗蜮盯著封平瀾。不發一語。

他的笑聲很吵。但，這是第一次有人對自己這樣笑……

封平瀾滔滔不絕地講著自己的構想，忽地靈光一閃。

「噢，不，不對，不只奎薩爾……」封平瀾回頭望著契妖們，勾起覬覦的笑容，「你們每個人，我全都要了！」這樣即使分離，也……

此語一出，立即引發眾怒。

「耍什麼笨！」

「你休想！」

「我先把你打殘再叫他做一個假人頂替你去上課！」

「怎麼這樣！小蛾兒不要理他們，我們才是一國的！」

宗蛾沉默不語，吵鬧的氣氛讓他很不習慣。並不是不習慣吵鬧，而是不習慣在這熱絡的笑語聲中，他沒被屏棄冷落在外。

「你們害小蛾兒生氣了啦！他都不講話了！」封平瀾責備著眾人。

「是你一直叫他小蛾兒才讓他不爽吧！」

宗蛾的嘴角不自覺地微微揚起。

雖然不習慣，但他不討厭這樣的感覺。

封平瀾一行人離開後，殷肅霜的辦公室再度回復安靜。

角落茶几上加熱中的茶壺，徐徐地噴出細煙，散發著溫暖濃郁的藥草味。冉升的煙霧在米黃色的牆上印下了淡淡的影子，影子隨著煙緩緩擺動。

隨著擺動，煙影的色調漸漸加深、變暗。自暗影深處，頎長的人影無聲無息森然現形。

殷肅霜頭也不抬，逕自喝著保溫壺裡的藥草茶。

「下次走正門。」他放下茶杯，瞥了不速之客一眼。「你來晚了。」

奎薩爾凜著臉，捻下飄在手腕附近的一片黑色枯葉，射向殷肅霜。覆在葉上的黑影褪去，葉片回復成草綠，閃動著微光，發出電波般的平板嗚聲和草味。

原本他正在城鎮外調查，但這東西一個小時前出現，以這又吵又臭的姿態跟著他。直到他用影縛咒語將之封鎖，但手上的銅環卻開始發亮，放肆地散發招搖的咒力，使他不得不折返。

「解釋……」

「打辦公室電話你不接，只好用這種方式通知。」殷肅霜淡然開口，「你是學校的正式職員，不能隨意離開工作崗位。」

「我願意和協會妥協，不代表我樂意成為協會的鷹犬……」他的主子只有雪勘皇子，他只接受雪勘皇子的命令。

殷肅霜冷哼了聲，「你搞錯了，勉強妥協的是我們這一方。」他啜了口藥草茶，「讓非法入侵的你們就地合法，仇敵找上門還幫你們善後擦屁股。嚴格來說，你們的地位不是鷹犬，而是寄生蟲。」

他放下茶杯，從抽屜中拿出一個玻璃瓶，瓶蓋上有著紅色的火漆封蠟。若是仔細看，會發現看似平凡的蠟印上盤據著數種複雜的咒語，封存、隔離、迴避追蹤、斷禁通連。

瓶中棲伏著一隻蟲，外型似蟬，但呈現暗淡的粉灰色，背上有著骷髏般的花紋，頭部長了張扭曲的人臉。

奎薩爾一凛。「皳髓……」

這是偵察的使魔。三皇子手下中的皸髓能從遠端操控牠們，且這些使魔就像連結空間的捷徑，妖主能在瞬間到達任何一個使魔所在之處。

三皇子的人馬已經追查到這裡了？而他竟然毫無察覺……

「今天清晨，城鎮裡出現了上百隻這種蟲子。」

「如果清晨就出現，接下來三天內將會有大規模的攻擊。」奎薩爾低語，「三皇子鴆慈是難纏又殘酷的角色，對於任何可能構成妨礙的東西從不疲於消滅……」

雖然不知道對方發現了什麼，但不管是召喚師還是他們，都是三皇子欲除之而快的對象。

殷肅霜嗤了聲，「我們也不是什麼善男信女，如果他打算直接攻來，就要有客死異鄉的準備。」他伸指敲了敲瓶身，「這蟲子一出現在城鎮邊境就觸動偵查結界，歌蜜和葉珥德第一時間前往處理。最棘手的不是攔截或消滅，而是不著痕跡地驅散。用多重咒語和結界，改變局部的天候、磁場，讓這些小蟲不自覺地主動避開，直到操控者將牠們撤離為止。這比之前那個大眼睛難搞多了，歌蜜和葉珥德還在誘導那些咒蟲，無法回校。」

奎薩爾不發一語，殷肅霜話語中帶有責備意味，但他知道，聽訓不是他被叫來的目的。

「現在這些蟲子在城鎮內飛行巡邏時，會迴避校區和某些『特別的地點』。這樣的做法雖有一時之效，但監察者要是有點腦子，就會察覺到使魔全都不約而同避開了某些地點。」殷肅霜盯著奎薩爾，「你覺得是誰把牠們引來的？」

奎薩爾沒有回答，而是凜著臉反問，「何不直接說出目的？」

「嗯？」

「就如你所言，勉強妥協的是你們那方。將對協會而言非法的我們納入合法體制，為我們驅散仇敵的眼線，你們的目的是什麼？」奎薩爾向前了一步，雙劍的寒刃在身後的影中閃著寒光，「你們隱瞞的事太多了，我仍無法確定你們是敵是友……」

殷肅霜並未被奎薩爾的氣勢嚇到，「戴著影校咒環的你，似乎沒什麼本錢說大話吶。」

「我真想掙脫的話，那東西並不足以構成攔阻，你知道的。」

殷肅霜咳了兩聲，聽起來像是在笑，「憑現在的你？」

奎薩爾的眉頭微微擰了一下，但仍不動聲色。

殷肅霜啜了口茶，嘆氣道，「……這是理事長的意思。」他看著奎薩爾，以無可奈何的口氣說著，「向協會隱瞞你們的存在，包庇你們，甚至冒著引來皇族的風險，這全是理事長的主意，我們只能聽從。」

殷肅霜一臉無奈，但奎薩爾在對方眼中看見了無庸置疑的信賴和忠誠。就像是他對雪勘皇子一樣。

「我以為你們對協會忠心。」

「我們服從協會，但是效忠的只有理事長。」

「所以，他希望我們為他鏟除誰？」奎薩爾直接點明。

暗中將一支強大武力納入自己的麾下，只有兩種用途：消去檯面上不能直接反目的同伴，或者，謀反叛變。

「理事長絕不會因自身利益而害人。」殷肅霜看出奎薩爾的猜測，果決地否認，「此外，他還不確定他懷疑的對象是否有鏟除的必要，在情勢明朗前，他不願意錯傷任何人。你們的功能就像是保險，未必用得到，但是需要時，將會是扭轉局勢的王牌，這就是留你們在此的原因。」

奎薩爾蹙眉思索。

雖然躲在影校的庇護下對他們有利，但是，他不想節外生枝地扯進召喚師的內鬥之中……

「……影校在這裡存在六十多年了，整個城鎮都是我們的勢力範圍。」殷肅霜忽地扯出了個無關緊要的話題，悠悠輕語，「基本上沒人能在我們的地盤上作亂，唯一一次的疏失只有十二年前那場意外。當時洋樓裡住著的老妖怪太會裝了，他甚至還參加曦舫在暑期開的社區大學園藝課程，且從不在城裡犯案。後來是滅魔師都出動了我們才發現異狀，害得我們那陣子在協會裡顏面無光吶……」

奎薩爾目光閃過了詫異，「你知道十二年前是誰封印我們？」

「或許知道，或許不知道。雖然同屬協會，但滅魔師是協會的闇行司，行蹤隱密。不同體系下的我們，無法直接干涉調查。」殷肅霜勾起嘴角，露出了意味深長的淺笑，「或許我們是站在同一條船上呢……」

奎薩爾想追問，但是殷肅霜起身走去角落的茶几，將煮沸的茶水倒入自己的保溫壺之中。

話題停止。

他識趣地不再追問。

殷肅霜的話語，讓他知道了兩件事。

理事長顧忌的對象在闇行司，而且，極有可能就是封印他們的滅魔師——

「啪。」一疊塞滿文件的資料夾忽地降落在桌面上，打斷了奎薩爾的思緒。

「拿去。」殷肅霜吹涼著茶水，用下巴指了指檔案，「因為人手不足，葉珥德在影校的課程由你代理，他的社團也由你接管。放心，最後一個社員已經跑了，你不用上課，但因為社團沒廢，照規定每週五中午，你還是得到社團辦公室等候，並填寫上課進度。」

奎薩爾揚眉，「憑什麼？」

「憑你現在是學校的職員。」殷肅霜啜了口茶，「薪水在月底發放，你沒有銀行帳戶，所以會直接裝在薪水袋裡給你。」他輕笑著調侃，「要不要加入教師會？曦舫有不少特約商店可以打折。」

「這只是偽裝。」奎薩爾冷聲提醒。

上回讓他收檢體已經是極限了，但因為只有一天，所以他勉為其難忍下。

他不想和人類有太多接觸，不想浪費時間在這可笑的家家酒上……

好不容易調查有所進展，和雪勘皇子的下落靠近了一步，他得加緊腳步繼續追查，早日找到皇子，早日離開人界——

這樣分離的時候就不會難過啦，奎薩爾。

一瞬間，封平瀾傻笑著的面孔閃過了他的腦海。

奎薩爾微怔，片刻間萌生了細不可察的猶豫。就像雨夜裡從厚重雲層縫中透出來的微弱星光，黯淡而倏忽，似無似有。

「即使裝，也要裝得像樣。」殷肅霜把資料推向奎薩爾。「這不是命令，是交易。利益交換的同時，也要付出代價。」

奎薩爾回神，看著面前的資料夾，思緒回復了冷靜。

縱有千萬不願，但為了從影校取得更多資訊，他必須屈服。

既然是互相利用，那就看誰先達到目的，誰先抽手！

奎薩爾接下檔案，冷冷地瞥了殷肅霜一眼。「還有其他事？」

「沒了。」殷肅霜的笑容裡有著明顯的幸災樂禍。「祝你授課愉快，奎薩爾老師。」

社團教室集中在綜合大樓，超自然研究社、魔術研究社與戲劇研究社位於B棟。

一樓大廳入口旁隔出了個小空間，裡頭坐著位短髮大媽。大媽頂著蓬鬆的紅色捲髮，撐頭一邊嗑著花生，一邊盯著櫃檯上小電視播放的連續劇。桌上的花生殼堆得像山一樣。

封平瀾一行人經過時，大媽慵懶地抬眼瞥他們一記，在看見百嘹等人時眉頭稍稍揚起，目光在冬犽身上停留了一會兒，轉回電視。

柳浥晨禮貌地和對方點頭示意，但對方理也不理。

「她不是人。」走了段距離後百嘹開口。「妖氣隱藏得很好，但一般人類身邊或多或少會黏著些下階的游離雜妖，而她附近完全是淨空的。」

柳浥晨冷冷地開口，「梁姨是綜合大樓B棟的管理員，影校的學生都知道她是妖魔，但沒人知道她的真實樣貌和來歷，識相的學生都不會去招惹她。」

封平瀾想起宿舍門口的管理員大叔。搬離宿舍後就再也沒見到他了，不曉得他是人類還是契妖？

A、B兩棟社團大樓外觀相同，但只有B棟有管理員，因為全是影校生限定的社團。

整棟樓非常安靜，兩邊走道上沒有任何窗戶，看不見裡頭情景。封平瀾有種來到影校的感覺，門扉和走道上滿布結界和咒語，門裡的空間有著微弱的磁場波動。

其中一間教室門板上掛著「儀態美學研習社」的牌子。柳浥晨經過時發出厭惡的低吟，並且加快了腳步。

「怕葉珥德把妳抓回去？」百嘹輕笑。

「葉珥德不在。」柳浥晨咬牙低喃，「我是在壓抑自己砸爛辦公室的衝動……」

「妳是怎麼退社的呀？」封平瀾好奇。

「我通過了退社考試，而且答應葉珥德一些事，趁他反悔前讓他簽了退社申請書。」

全校只有儀態美學研習社入社沒門檻，退社要考試。

「退社考試是什麼？」

柳浥晨表情一僵，「……我不想提。」

二樓的社團只有一個，左右兩側的牆上各自貼著「超自然研究社」和「超自然研究社倉庫」，其勢力之龐大，一目瞭然。

封平瀾一行人才踏入走道，雪白的燈光頓時開始閃爍，接著半數燈管熄滅，剩餘的燈變為慘淡的灰色，以令人不舒服的頻率閃動著。晦暗的燈光在走道上拉出一道道詭異的影子，彷彿在黑暗中棲息著不祥的邪靈。

「停電了嗎？」封平瀾傻傻開口，「要不要去總務處報告？」

「不用，這是超自研的把戲。」柳浥晨沒好氣地開口，「他們總愛裝神弄鬼嚇唬新人。」

走道上掛著鏡子，鏡中若隱若現地閃動著不該存在的人影。微風吹拂過耳邊，帶來細碎的呢喃聲，牆面浮現出恐怖的血痕，寫著絕望的咒詛。走道似乎越走越長，怎樣都到不了終點。

冬犽等人露出了會心一笑。

這令他們想起被封印時作弄入侵者的時光，那是苦悶日子裡小小的消遣。

挺懷念的吶……不過，這裡手法差得遠了。

「這是血嗎？」封平瀾伸手去摸牆上的血跡，「啊！黏黏的！」

「你幹嘛摸啊！手賤！」

「好奇嘛。」封平瀾將手放到鼻前聞了聞，「是太白粉做的。」他轉身把手湊到墨里斯面前，「給你吃，點心時間到囉！哈哈哈哈！」

「我很樂意幫這面牆加點真正的人血。」墨里斯壓折著手指關節，「想幫忙嗎？」

封平瀾笑著收回手，隨手把髒汙抹在鏡子上，鏡中的長髮鬼影發出了不悅的抱怨聲。

「你的膽子倒是挺大的。」柳浥晨讚賞，「我還以為以你是會哇哇亂叫的那種類型。」

「妳太抬舉他了。」百嘹輕笑低語，「這種程度的鬼屋，和他闖入的那間差得遠了……」

柳浥晨不解，「什麼鬼屋？你們出過協會的任務？」

百嘹笑而不答。

「還好吧，小蜮兒也很冷靜呀。」封平瀾看向走在身旁的宗蜮。

宗蜮從容地經過走道，臉上掛著非常不以為然的表情。

「那是因為他搞出來的場面會比這更噁心驚悚。」

此時，走道中央的牆壁出現了一道縫，布滿爪痕和血跡的門扉自動向房內開啟，發出了刺耳的軋擠聲。

門扉停止移動，一名穿著血衣的長髮女子以狂亂的腳步衝出。她瞪大了眼，空洞的眼眸沒有焦距，枯長的指爪像蟲子般扭曲蠕動，朝著封平瀾猛撲過來。

出現得太過突然，柳浥晨倒抽口氣，退後了一步，宗蜮也下意識地喚出符鏢。

封平瀾站在原地，盯著對方，絲毫沒有後退的打算。

女鬼來到封平瀾一步之遙的距離，高舉起手，尖銳的指甲頃刻就要往封平瀾的身上劃下時，墨里斯伸掌懶懶一揮，像趕蒼蠅般把女鬼拍甩出去，摔向走道彼端。

對方發出一陣哀吟，消失。

「嚇傻了嗎？」墨里斯輕笑。

「噢，我以為那是3D投影，碰到就會穿透過去，哈哈哈。謝謝你救了我！」封平瀾望著墨里斯，握住他拍開女鬼的手，「啊啊，看看這強健有力的手掌，解救了受肉體挾持的軟弱靈魂，幫助多少在夜裡悲傷啜泣的少女轉而發出了欣喜的歡愉！」

希茉顫抖了一下，驚惶地回頭。

「你在胡說八道什麼鬼！」墨里斯怒吼著抽回手。

「希茉在看的小說啊。上次廁所裡放了一本，我閒著沒事就翻了一下，」封平瀾抓了抓頭，「感覺很深奧晦澀，但應該是描寫英雄救美的騎士故事吧！」

「雖然我也聽不懂你在胡扯什麼，但我覺得不是你說的那麼一回事……」璁瓏看了希茉一眼，「除了那些男男女女以愛為名互相折磨心靈肉體的影集外，妳還看了什麼怪小說啊？」

希茉囁嚅，眼神飄移，「我、我不知道……那本書是自己出現在那裡的，不是我的……」她停頓了一下，細聲辯解，「……那是愛情小說……不是怪小說……」

聽著希茉驚惶地發表前後矛盾的言辭，眾人非常體貼地不再追問。

此時走道上昏暗的燈光回復，明淨雪白的走道和方才來時一樣，血跡、鬼影，全都消失。唯獨封平瀾抹在鏡子上的假血漿，觸目驚心存在著。

一行人步入開啟的門扉中。社團教室十分寬敞，到處擺滿了機臺、儀器和實驗桌，像是個開放的大實驗室。

超自研的主要活動時間是週六，所以現在社團裡沒有很多社員。教室內的幾個社員集中在一個角落，寬幅的電腦螢幕上，放映著他們一行人方才在走道上的情景。

「真是低級的趣味。」柳浥晨不悅輕哼。

封平瀾興奮地指著螢幕，「快看！是我們耶！我們上電視了！」

幾個社員抬頭看了他們一眼，不發一語。其中一名拿著抹布步出教室，在經過封平瀾時瞪了他一記。

片刻，一名戴著膠框眼鏡的學生傲然地走來，身後跟了兩名同學。

「歡迎，各位。」領頭的學生笑著開口，「沒想到封平瀾和柳浥晨會光臨敝社，真是令人驚喜。我是社長，普通科二年級的曹繼賢。」

「學長認識我喔？」封平瀾好奇地問。

「擁有六隻契妖的召喚師並不多見，契妖是教師的學生也很少呢。至於後方那位宗蜮學弟在戲劇研究社的驚人表現，也早已傳遍各社團了。」曹繼賢笑了笑，詢問，「所以，各位都打算加入敝社嗎？」

他的目光掃過封平瀾一行人，雖然掛著笑容，眼底卻泛著明顯的排斥。

柳浥晨、宗蜮和契妖們都看出了對方的敵意。曹繼賢雖然看似熱絡，卻給人明顯的虛偽感。

「不，我們立刻就——」柳浥晨打算撤離，但話語被打斷。

「我們還在考慮啦。」封平瀾傻笑道，「超自然研究社是做什麼的呀？你們會通靈嗎？看過幽浮嗎？」

「噢，我們當然接觸過那些東西。」曹繼賢雖然想趕人，但封平瀾好奇的話語讓他忍不住想賣弄。「我們不只追查靈異現象，也製造靈異現象。」

「所以你們真的看過幽靈和外星人嗎？」封平瀾眼中閃爍著新奇的光彩。

「那些其實都是妖魔的化身，只是被一般人誤解。往這走。」曹繼賢轉身，逕自領著眾人參觀社團。

封平瀾好奇地跟上，其他人只好尾隨。

「為什麼要製造靈異現象啊？」封平瀾邊走邊問。「不是調查完就好了嗎？」

「有些地區是協會的禁地，為了避免一般人擅闖，除了協會在場內設下具體的結界，我們會視當地的歷史背景和環境，編造靈異謠言，製造靈異現象，讓人們因恐懼而迴避。剛才在走道上的靈異現象就是我們的實驗作品之一。」曹繼賢停頓一下，以朗讀般的口吻宣布，「我將這些作品稱為『心靈的結界』。」

「做得挺爛的。」璁瓏直接開口。

曹繼賢充耳不聞，但額角微微抽動。他繼續自己的腳步，開始向封平瀾介紹社內的高科技儀器。

「這是熱感應攝影器，能夠照攝出空間裡的溫度差。」

「哇喔！」封平瀾走到鏡頭前，以藍色與綠色為主色調的螢幕上，出現了一團鮮紅色的人影，「好像著火一樣！看，浴火鳳凰！嘎吼！啾啾啾！」封平瀾振臂做出鳥翅拍打飛翔的模樣。

「少丟人了！」墨里斯走向前，一把將封平瀾抓下。

墨里斯的魁梧身形顯示在畫面中，色澤更加明亮鮮豔，存在感搶眼。

「墨里斯你也被拍到了耶！」

「除了游離的雜妖，其他生命體在這臺儀器前無所遁形，即便是妖魔也無法避開的。」曹繼賢得意地說著，語調讓人十分不愉快。

冬犽看似不經意地穿過鏡頭前，後端螢幕上卻無任何東西。

「冬犽，怎麼沒拍到你？」封平瀾開口。

「什麼？」冬犽困惑地折返，穿過鏡頭前，一樣沒有任何影像。

「怎麼可能！」曹繼賢退到機器旁，按下了幾個操控鍵。

「發生了什麼事？」冬犽困惑地看著儀器，「儀器故障了嗎？」

「是不是沒定期保養呀？」柳浥晨風涼地開口，「難道是績效不佳，所以被學生會砍經費了？」

「不可能！」曹繼賢看著儀器，又看了看冬犽，惱怒地叫喚社員維修檢測，並且不客氣地訓斥了社員一番。接著轉過頭，堆起虛假的笑容，帶領封平瀾一行人前往參觀其他部分。

走在隊伍最末端的百嘹，悄聲在冬犽身邊耳語，「你越來越壞了。」

他看見冬犽在經過儀器之時，悄悄地召喚風，在身體周圍築起一道薄薄的風壁。

冬犽淺笑，「我聽不懂你在說什麼。」

大致繞完社團一圈後，一行人來到教室裡側的房間前。

「這是檔案室，記載了歷來超自研調查、執行的所有任務。」曹繼賢打開了房門。

裡面的空間約有一間教室大，整個房間被高達天花板的鐵製資料櫃給填滿。

「哇噢！好厲害！」封平瀾再度捧場地發出讚嘆，曹繼賢非常滿意地引領眾人進入。

除了封平瀾，沒人對那些東西有興趣，更沒人想聽曹繼賢炫耀賣弄，但是看在封平瀾的分上，便勉強配合。

他澄透的眼眸裡閃爍著新奇與開心，完全不在意曹繼賢的態度，只是單純地對未知的事物好奇，客觀而不帶偏見的好奇。

看著那樣的表情，眾人說不出掃興的話語。

「這是召喚師協會帕斯卡亞洲分部頒發的獎盃，這是總部偵察部門的親筆感謝函。」曹繼賢走過擺滿獎盃獎牌的櫃子，得意地介紹。

「好厲害！要怎麼樣才會得到這些獎勵啊？櫃子裡的資料寫的是什麼啊？」

「我們從各地搜集超自然現象的情報，派人前往調查，如果確定是妖魔所為，就通報協會處理。不管結果為何，每一個超自然事件都會被記錄歸檔，資料全部傳送到協會的資料庫。我們的調查成果遠超過其他影校，已經連續七年得到協會頒發的獎盃。」曹繼賢沾沾自喜，但隨即話鋒一轉，嚴肅地開口，「內容是機密，所以不便透露。」

璁瓏等人用力地翻了白眼。明明就愛現還裝矜持……

「好像FBI的檔案庫！太帥了！」封平瀾目不轉睛地看著檔案櫃裡一本本厚重資料，「靠這些檔案得到協會的獎盃耶，好想知道是什麼案子……」

看著封平瀾垂涎的眼神，曹繼賢心裡舒爽萬分。

「這些檔案不能讓外人觀看，即使是社員也無法隨意取閱。不過——」他做作地輕咳一聲，「我是社長，決定權在我手上。讓有意加入的新生稍微了解社內運作，也無傷大雅。」

「真的嗎？太感謝了！社長真厲害！」

曹繼賢穿過幾條走道，來到某個櫃前，伸手放在玻璃窗上，低吟了聲咒語。櫥窗發出細小的齒輪轉動聲，接著開啟。曹繼賢取出其中一本檔案，折返遞給封平瀾，特別交代，「這裡面是機密，雖然不是什麼重要事件，但傳出去的話可能會被有心人不當利用。」

柳浥晨再度翻白眼，表情比掃廁所時看到馬桶水逆流還難看。

「是的！我明白了！」封平瀾用力點頭。接下本子後，小心翼翼地翻開檔案。

檔案夾裡收錄大量照片和圖表，圖文並茂地記載調查結果。封平瀾發現，手中本子收錄的是曦舫所處的城鎮的檔案。

「這是我們城鎮的紀錄耶。」封平瀾翻閱著，熟悉的街道和場影映入眼中。

他看見之前和玖蚪戰鬥過的廢棄醫院。最終的判語是：街坊傳言，無妖魔棲身，無協會印記。結案。

結案的時間很早，是八年前的事。

「是的。」曹繼賢興味盎然地打量著封平瀾的反應，意有所指地開口，「裡面的案件，你應該不陌生。」

封平瀾往後翻了幾頁，雪白的華麗洋樓映入眼中。

「是我們家耶！」封平瀾驚呼。「超自研來調查過喔？」

「當然，那棟房子可是在曦舫的勢力範圍內吶。」

原本百般無聊、只想快點走人的契妖們，瞬間被勾起注意力。他們互看一眼，不動聲色地靠近封平瀾，默默地側眼觀看檔案裡的記載。

關於洋樓的說明並不多，照片也只有房屋外觀。文字概述了歷來有關洋樓鬧鬼事件的傳文，最終的判語，只寫了四個字：闇字5775。結案。

關於封印六妖的事，隻字未提。

「闇字是什麼意思？」

「那是歸檔代號，『闇字』代表『闇行司』，通常是與滅魔師有關的事件。那是獨立於協會所有體系的部門，所以不能干涉。」曹繼賢看著封平瀾，「我倒是很好奇你為什麼能住進那裡？」

「這個嘛——」封平瀾一時不知如何應對。

「闇字事件，你懂的，呵呵呵……」百嘹即時插口，給了個模稜兩可的曖昧答案，露出深奧微笑。

曹繼賢為了表示自己也是了解情況的內行人，也跟著揚起微笑，故作深奧地點點頭。

「我瞭解了。不過，荒廢十二年的房子突然有人入住，難免令人好奇……」

「什麼？」百嘹發出一聲輕笑，「你只知道它荒廢了十二年？」語調裡充滿輕蔑，擺明看不起對方的能耐。

他這樣不是為了激怒曹繼賢，而是為了釣出更多資訊。

曹繼賢果然上鉤，不甘被人看輕的他，立刻滔滔不絕地開口。

「根據調查，那棟房子十二年前被僭界的妖魔據守，妖魔偽裝成退休的老闆，定期離開城鎮到外地覓食。協會花了很長的時間才逮到他的尾巴，派滅魔師除滅。從那之後，洋樓就傳出鬧鬼的謠言。協會的報告只記載到十二年前，而上述往事並未被記錄在社團任務的檔案裡，一般人無法得知。」他停頓一秒，看了百嘹一眼，證明自己並非一般人。

百嘹等人互看一眼。

紀錄只到前屋主為止，他們和皇子的事、被封印的事全被隱藏……

「嗯，」百嘹不以為然地點頭，似乎勉為其難地表示讚許，「然後呢？之後你們還調查到了什麼？」

曹繼賢挑眉，「不能調查啊。那房子有滅魔師做的記號，協會的人不得隨意干涉。」

契妖們和封平瀾同時抓到了關鍵字。

滅魔師的記號……

「沒錯。」百嘹立即順水推舟地開口，「看來你非常清楚規矩，不需要我提醒。呵呵呵……」

「當然，我自然知道分寸。」曹繼賢被糊弄過去，沒察覺到百嘹剛才險些露出馬腳。

「只是我仍然有些好奇，為什麼你們能入住？」

他轉向口風看起來比較鬆的封平瀾。

「因為屋主不在了，然後我被退宿。」封平瀾回答。

「我不是這個意思——」

百嘹再度打斷，「鬧字事件，不便透露。」他勾起愛莫能助的笑容，「你懂的。呵呵呵……」

曹繼賢對這答案不是很滿意，但是為了不被看成搞不清楚狀況的外行人，只好閉嘴。

「還有什麼特別的嗎？除了這些陳年往事以外。」百嘹轉移話題，表現出對檔案不感興趣的樣子。

曹繼賢轉身將檔案夾放回櫃中，邊走邊開口：「當然。社團雖然只是協會的支援，但在執行任務的過程中，偶爾也會有出人意料的發現。」

「噢？」

「超自研有個世代傳承的鎮社之寶，是第二十任社長執行任務時發現的寶石，據說是妖魔皇族所有。第二十任社長將寶石捐給社團，做為紀念，勉勵後輩。」

「皇族的寶石？」這倒稀奇了。

不過，這對契妖們而言沒多大吸引力。他們原本就是皇族的近衛軍，雪勘皇子最親近的心腹，他們在意的皇族只有雪勘皇子而已。

「據說這寶石有治癒回春的能力。擁有它，就能取得強大的力量。」曹繼賢刻意停頓了一下，「雖然力量強大，引來不少人覬覦，但它並不容易駕馭，沒本事的人得到了，甚至有被反噬的危險。」

「哇！好厲害喔！」封平瀾捧場地讚嘆，「可是放在學校難道不怕被偷嗎？」

曹繼賢揚起不可一世的笑容，撂下自覺帥氣萬分的狠話，「有膽子就來吧。」

離開檔案室後，封平瀾一行人又在社內晃了一下。雖然有很多新奇的機器，但功能大同小異，有些儀器還莫名其妙地故障。例如那臺能夠捕捉到細小聲音的探測儀，不曉得接收到了什麼無法負荷的音波，發出一聲小小的爆破聲後，就再也無法運作了。

封平瀾不知道發生了什麼事，只覺得希茉好像有點慌張，神經兮兮地避開儀器。

社裡還有間鬼屋模擬室，會打造成不同的主題，模擬試驗各種靈異效果。今天的主題是割腕自殺女鬼出沒的公寓。

模擬室裡布置成破舊的女性套房，到處是血跡，布滿灰塵和假蜘蛛網。封平瀾才踏入沒多久，女鬼便從房裡的陰暗處竄出。

扮演厲鬼的女學生原本應該掐住百嘹，但被百嘹溫柔地牽起手、並被輕吻了手背之後，就羞紅著臉，用人工血漿在百嘹的掌心寫下電話號碼，然後嬌嗔著退下。

在騷亂中，冬犽以驚人的效率把整個房間打掃得一塵不染，有如樣品屋，連血衣都四四方方地折好，放在床上。

柳浥晨和墨里斯被困在「打不開的房間」裡，然後兩人非常有默契地破壞窗戶和牆板，自己開了條通道。

「上帝為你關上這扇門，就會為你開啟另一扇。」墨里斯在和其他人會合時道，「昨天國文課老師說的。」

「呃，好像不是這個意思……」

整個超自研因為封平瀾一行人而打亂了原本的步調，出錯連連，曹繼賢覺得顏面無光，便草草結束，打發封平瀾一行人離去。

離開了超自研，午休時間所剩不多，眾人決定撤退，明日再來。

Chapter3

小朋友拒絶吃飯不是在賭氣就是在脹氣

「滅魔師的記號是什麼？」下樓時，百嘹對著柳浥晨詢問。

柳浥晨挑眉，沒料到百嘹會主動問她。

「你剛才講得一副洞燭機先的樣子，結果什麼都不知道？」

百嘹揚起燦爛的笑容，「我後來知道了不少，呵呵呵。」

柳浥晨看著那迷人的笑容，沒好氣地哼了聲。雖然看不慣百嘹把人耍得團團轉，但對象是曹繼賢就算了。

「滅魔師記號是一種印記，標示出自己的勢力範圍，向召喚師宣告這屋子已有人掌管，不得插手。召喚師一旦進入咒語就會啟動，對闖入者發動攻擊。」

「噢？不怕傷到一般人？」

「普通人只會被咒語驅趕。召喚師身上有契約的咒語，很難躲過滅魔師的結界。」

難怪過去幾年來雖偶有不識相的人類闖入，卻從未有召喚師出現。

他看向封平瀾。

包括這個傢伙……

不過，如果真的有印記的話，為何他們立契之後進屋仍然沒事？

「什麼樣的房子會有印記？」璁瓏跟著詢問。

「狀況很多，有的是封印了妖魔或祕寶，有的是滅魔師的藏身處，也有可能是藏屍體處。」

「屍體？」

「屍體！」

封平瀾和宗蜮同時發出驚呼。不過，前者是驚訝，後者是驚喜。

「滅魔師這種行業，總是會弄死人，有些召喚師的遺體仍帶有能量和咒力，不能隨便處理，保存起來說不定日後會有派上用場的時候。」柳浥晨狐疑地看著封平瀾一行人，「話說你們不是住在裡面，怎麼問我？屋裡到底有什麼？你們又怎麼會住進那棟房子？」

「呃……」封平瀾眼睛轉了轉，「那個，闇字事件……」

「少來這套！我可不是曹繼賢那種白痴。」

「班長果然英明神武，哈哈哈……」封平瀾依舊笑著，但是笑容裡帶了點為難。

他不能說出真相，但也不想欺騙柳浥晨。他不想對朋友說謊。即便是自己擅自認定的朋友。

「不想說沒關係。」柳浥晨瀟灑地轉過身，繼續自己的腳步，「那是你家的事。」

她雖有疑慮，但並不打算追問。她不喜歡勉強他人，探人隱私。只是，被熟人拒絕，讓她感到小小的不悅……

封平瀾見她沒追問，便鬆了口氣。

柳浥晨的話，讓契妖們和封平瀾同時暗忖。

如果屋子有印記，找出印記就能追蹤滅魔師的下落。這樣，離找到雪勘皇子就不遠了……

封平瀾的腳步不自覺變得輕快。

太好了！他要快點去告訴奎薩爾！奎薩爾一定會很高興。

他漾著笑容，加快了腳步。一方面是想趕緊前往醫療中心，向奎薩爾報告消息，另一方面，則是為了將心底隱隱萌生的不捨拋在腦後，不去面對。

至少，不是現在面對。

一行人下了樓梯來到一樓。封平瀾經過儀態美學研習社時，一種奇特的感覺自心底浮現，像是溫水流過全身一樣。他停下腳步，不解地抓了抓頭，偏頭看向儀態美學研習社的教室。

「怎麼了？」

「嗯，不知道。」封平瀾想了想，「我想進去看看。」

「我勸你最好不要開門，立刻離開。葉珥德說不定已經回來了。」柳浥晨退避三舍，彷彿停留太久都會遭殃似的，「這地方就像火坑一樣，踏入了想要贖身從良可沒那麼容易。」

「那麼，妳是付出了什麼代價為自己贖身？」百嘹好奇。

「干你屁事啊！」柳浥晨臭臉以應，接著轉頭催促，「快點走啦！」

封平瀾站在門口，呆愣地開口。「總覺得，裡面有點令人在意……」

剛剛經過時明明沒有什麼感覺的，但此刻，這門板後方卻有股吸引力，若有似無地呼召著他。

他將手伸向門把，轉動，門沒鎖，代表裡頭有人。

柳浥晨幾乎是在門把轉動的那一刻，就以驚人的速度衝向走道彼端，站在安全距離探視觀察著。

封平瀾推開門，裡面的空間比超自研來得小，大約一間班級教室那麼大。教室裡側是占滿半面牆的窗，正午的日光從蔚藍的天際湧入。

將窗前的頎長人影，映照得閃閃發亮。

屋裡的人對於突如其來的訪客感到詫異，回首見到來者，微微挑眉。

「奎薩爾！」

封平瀾一個箭步衝入教室，直奔目標，「奎薩爾！是你耶！我正想去醫療中心找你，沒想到你就在這裡！天啊，莫非我們兩人的小指上有紅線？命運的絲線將我們緊緊地繫在一起！」

奎薩爾退到一旁，露出了不耐煩的神色。

為什麼他走到哪裡都會遇到這麻煩的傢伙……

「出外診療嗎，校醫大人？還是你終於良心發現，想來學習怎麼當個有禮貌的人？恕我直言，因為我實在想不到你出現在這裡的理由。呵呵……」

「奎薩爾想加入儀態美學研習社嗎？」封平瀾驚訝地看著奎薩爾，很認真地勸阻，「奎薩爾的儀態已經很完美了，根本不用加入這種社團！如果奎薩爾真的要入社……」封平瀾停頓了一下，然後有點害羞地道，「這樣的話，我也要入社……」

奎薩爾從頭到尾都沒開口，冷冷地看著封平瀾發癲，等到對方閉嘴之後，才淡然回應。

「臨時接到的任務。」奎薩爾冷聲回應，目光瞥了放在辦公桌上的資料夾及行政公文一眼，沒再多說。

冬犽走到桌前拿起公文，快速地瞄了一眼，「噢，你要代理葉珥德的職務，擔任社團和武術課老師呀。」

「什什什麼麼麼?!」封平瀾驚喜得倒抽了口氣，發出有如飛機廁所內沖馬桶時的聲響，「我要入社！奎薩爾老師我要入社！老師，今天社團內容是什麼？要跳社交舞嗎？我可以和老師一組嗎？」

墨里斯、璁瓏和希茉聞言，忍不住偷笑。百嘹則是很不客氣地笑出聲。

「啊呀呀，感覺會是非常滑稽的場景吶……呵呵呵……」

奎薩爾皺眉，「這只是暫時的，一旦葉珥德執行完任務便終止。」

「這樣喔。」封平瀾點點頭，然後像是想到什麼似地開口，「……如果葉珥德殉職的話……」

「喂喂喂！你在說什麼鬼話?!」見沒有危險而折返的柳浥晨，出聲打斷封平瀾的烏鴉嘴。

奎薩爾靜靜站在一旁，冷冷地看著來者，沒再開口，冰霜般的眼神和肅殺的氣勢，默默下著無聲的逐客令。

冬犽等人相當識相，摸摸鼻子轉身走人。

但封平瀾從來不懂看人臉色。

「喂，該走了。」璁瓏叫喚著。

「等一下，我剛才本來就打算去找奎薩爾。」他看著奎薩爾，嘴角揚起的笑容幾乎和眼尾連成一線，「被我找到了，嘿嘿嘿……」

其他人聳了聳肩便離開了。

教室裡只剩封平瀾和奎薩爾兩人。

奎薩爾無視封平瀾的存在，逕自坐入辦公桌後的椅子。封平瀾也跟著走到辦公桌前，拉了一張凳子過來，不過，不是坐在奎薩爾的對面，而是坐在他的旁邊。

「剛剛我們去參觀了超自研喔！你知道嗎，曦舫的社團有好幾個是影校生限定耶！像是超自研、戲劇研還有魔術研。啊，超自研就是超自然研究社的簡稱，是專門追查和製造靈異現象的社團……」封平瀾自顧自地呱啦呱啦說個不停，詳盡地說明著瑣碎的細節。

奎薩爾覺得很吵，很煩。他想離開，但是照規定，社團時教師得留在社團教室裡直到下課。他想避開封平瀾，但封平瀾就大剌剌地擋在他身邊，讓他無法直接走人。

雖然他能從影子中離開座位，但若只為了這點小事而使用咒語，他覺得又太過小題大作……

他轉頭看了封平瀾一眼，立即發現封平瀾的雙眼一直盯著他。兩人四目相接的那一刻，封平瀾咧起了笑容。

奎薩爾挑眉，這傢伙是故意的？

「——所以，洋樓裡有封印了你們的滅魔師留下的印記。」

聽見令人在意的關鍵字，奎薩爾回神，「什麼？」

「滅魔師呀，剛剛不是講了，闇行司啊。奎薩爾都沒專心聽，這樣不行喔！」封平瀾伸出指頭，在奎薩爾面前搖了搖。

奎薩爾不喜歡這個舉動，他的紫眸卻情不自禁地看著封平瀾的食指。

指甲的邊緣，因為乾燥破皮，而滲出了如針孔般的血絲。

他的喉間一陣乾澀。

將頭撇開，壓下那股本能的躁動，奎薩爾凜著臉，不再理會封平瀾，把注意力放在封平瀾提供的情報上。

封平瀾繼續說著，把剛才在超自研檔案室探聽到的消息、柳浥晨說的話重述了一遍。說完之後又開始自顧自地扯起了廢話。

「不曉得滅魔師的印記長什麼樣子啊？聽說戲劇研和魔術研也會為協會出任務，這樣的話應該也有不少檔案和紀錄，說不定會有相關資訊。」封平瀾略微苦惱地笑了笑，「可是只有社員才能進檔案室，加入社團以後又不見得有機會進去，真麻煩吶。希望有辦法能自由地翻閱三個社團的檔案。」

奎薩爾不語。

總是有辦法進去的。

他一踏入大樓就感覺到建築裡布滿了大大小小的防盜、封鎖結界，連門口也有個妖魔守著。

不過，這種等級的防禦對他而言宛若虛設。雖然手上的銅環有些礙事……

奎薩爾正思索著，忽然發現，耳邊的嗡嗡噪音不知何時停止了。

他轉過頭，那雙澄澈的眼眸和方才一樣正盯著他。不過，這回眼底沒有笑意，而是擔憂。

「那個，」封平瀾吶吶地開口，「你還好嗎？」

淡漠不帶感情的容顏，眉頭微微一擰。

「為何這麼問？」

「不知道，就是覺得，你好像不太好。」封平瀾看著奎薩爾，偏頭揣測，「累了？」

奎薩爾不答。

「還是……」封平瀾的眼睛轉了轉，「餓了？」

締契至今，奎薩爾只進食過一次，就是在立契那天。他不曉得進食一次可以支撐多久，但他可以感覺到，奎薩爾似乎……不像之前那樣穩定。

哪裡不穩定，他也說不上來，總之，他知道奎薩爾不是很好。

被人看穿狀況，讓奎薩爾感到莫名地惱怒。自我厭惡，同時也厭惡看穿他的人。

「如果餓了的話，我可以——」

「與你無關。」奎薩爾低斥，「別高估自己的重要性了，人類……」

確實，他的體力開始不支。上回和玖蛸戰鬥完後，莫名地消耗了不少體力。他自己都感到訝異，畢竟那場戰鬥沒花他太多心力。

「我知道呀！」面對奎薩爾，封平瀾笑笑著回應，「雪勘皇子才是奎薩爾最重要的人。我只是問問你會不會餓而已啦，哈哈哈！」

奎薩爾冷眼看著爽朗燦笑的封平瀾。一瞬間，他竟然對自己方才嚴厲的言辭感到後悔。

「對了，」封平瀾忽然想起某事，「上次我和玖蛸戰鬥時，原本已經精疲力盡快倒下了，但我一想到你，就突然感覺到有力量湧出……」這個問題困惑了他好幾天，一直沒有機會問。

奎薩爾也回想起那晚的情景。那夜他在影校教室，卻聽見了封平瀾的呼喊，甚至看見了封平瀾的處境。

封平瀾向他求助，呼求自己借給他力量。他在心裡回應了，然後他感覺到力量彷彿無形的細流，流出自身，注入了彼端的靈魂之中。

「是你做的嗎，奎薩爾？」封平瀾興奮地詢問。

「我不知道你在說什麼。」

確實，他不曉得這是怎麼發生的，以往從未聽說過這樣的事。但他亟欲否認的主因是，他不想承認，他和封平瀾之間有了羈絆。

「這樣喔。」封平瀾點點頭。「我還以為是我們之間有了什麼心電感應呢，哈哈哈！」

這點正是奎薩爾極力想否認的。

「我們之間沒有任何聯繫，除了那名存實亡的契約而已。」奎薩爾厲聲警告，「不必有多餘的牽連互動，包括此時此刻。」

「這樣喔……」封平瀾苦惱地搔了搔頭，「可是我想多接近奎薩爾耶。」

奎薩爾挑眉，正打算影遁離開時，封平瀾繼續開口。

「因為奎薩爾對我很好呀。」

奎薩爾微愣。

他一點也不這麼認為。他更不解，封平瀾的這個想法是從何而來。

「奎薩爾雖然很冷漠，一直都愛理不理的，卻願意容忍我的聒噪和騷擾，哈哈哈。」

奎薩爾在心底冷笑。

這傢伙倒是有點自知之明。

「而且奎薩爾還稱讚過我呢。」封平瀾不好意思地開口，「被這麼帥這麼厲害的人稱讚，感覺比撿來的發票中大獎還要高興！」

奎薩爾微微挑眉，困惑。

只因為那小小的稱讚？

以封平瀾的能力，應該對他人的讚許習以為常了。為何會如此重視他那時隨口吐出、輕描淡寫的肯定？

「而且，」封平瀾露出一抹淺笑，帶著由衷的感激和慶幸，「你沒有把我丟下。雖然之後會分離，但是你現在就在我身邊。」

奎薩爾是如此強大、帥氣。就和靖嵐哥一樣。

靖嵐總是溫文有禮，不管他做錯了什麼，靖嵐從沒罵過他；同樣地，不管他做了什麼，靖嵐也從沒稱讚過他。

他從來不曉得靖嵐在想什麼，靖嵐總是很冷靜地微笑著和他說話，讓人看不出真實的情緒和想法。

相較之下，奎薩爾總是對他冷言冷語，從沒給他好臉色過，但是，他知道奎薩爾的思緒和情緒。

奎薩爾會稱讚他。這是第一次，他被一個和靖嵐哥相似的人稱讚。

而且，他一開始就知道奎薩爾會離開，他可以很早就做好心理準備，而不像上次那樣手足無措又悲傷。

奎薩爾盯著封平瀾，對方雖然笑著，但他卻覺得不太自然，有種怪異的感覺……

他不習慣這樣的封平瀾。更不習慣對封平瀾產生關注的自己。

下課鐘聲響起。

「噢噢，我該走了。」封平瀾起身，因為坐的位置狹窄，所以腿被凳腳給絆了一下，整個人朝奎薩爾跌去。「哇噢！」

奎薩爾想起身閃避，但因體力不濟而導致眼前一陣昏眩，讓他無法即時脫身，只能任憑封平瀾硬是撲在他身上。

「抱歉抱歉……」封平瀾連忙道歉，「這裡有點窄。」

奎薩爾冷眼看著他，封平瀾仰頭回視，接著忍不住笑出聲。

「我好像經常跌倒在你身上耶，奎薩爾。我是不是被詛咒了呀？」

被詛咒的是他才對……奎薩爾心想。

下一刻，溫熱觸感貼上了他的手。

奎薩爾挑眉，看著封平瀾擅自握起了他的手腕。血液流動時的波動，從對方指尖的肌膚，透了過來。

「我記得之前摸你的手時，你很冰。」

封平瀾回想起第一次在洋樓與奎薩爾單獨碰面的情景。那時的奎薩爾雖已解開封印，但是摸起來冰冷得和雕像沒兩樣。

他盯著那依舊蒼白的手，揚起微笑，「現在變溫暖了。」

奎薩爾正準備將手甩開，但封平瀾先鬆了手，同時起身。

「晚上見囉，老師！」隨即一溜煙地離開。

奎薩爾瞪著那遠去的背影，下意識地望向自己的手腕。

該死的溫度仍殘留在上面，他彷彿感覺得到那手掌底下、充滿生命力的血液正在血管中奔流著。

冷不防冒出的饑餓感，勒住他的咽喉，箝制他的理智。

奎薩爾用力地搥向牆面，勉強將自己的意識拉回。

他厭惡這樣的自己……

夜晚，影校的課程在與實體教室交疊的異空間裡，悄然進行。

封平瀾從第一節課就很興奮，不時地盯著錶竊笑。過程中被教師點名提醒了兩、三次，但依然無法制止。

「他是不是摘了髒襪子上長出的香菇來吃啊？」伊凡說著的同時，封平瀾又在看錶。

「話說，那個臭臉一哥怎麼今天沒來？」

奎薩爾因為身分轉為代理教師，所以不用跟著上影校的課程。

「他現在是代理教師。」柳浥晨沒好氣地回應，「葉珥德出任務，奎薩爾來代課，所以那個一直傻笑的傢伙正在期待武術課。」

「什麼？那樣上課氣氛會像守靈吧！」伊凡皺眉，但隨即轉為笑容，「反正契妖不用跟著練習，看大家遭殃也不錯。」天真的容顏，笑道著壞心的話語。

「決定好社團了嗎？」蘇麗綰小聲地詢問，「我聽說曹繼賢今天下午去找蕾娜和艾迪談話了，不曉得和你們有沒有關係……」

蕾娜和艾迪，分別是戲劇研究社和魔術研究社的社長。三大社團的社長們因為經常合作執行任務而關係密切，表面上是盟友，但背地裡卻又互相輕視、互相比較。

柳浥晨啐了聲，「那三個人除了在背後說人閒話，就沒別的事好做了嗎？」

「有啊，還有欺負社員和巴結協會。」伊凡補充。

柳浥晨認同地用力點頭。

「麗綰是什麼社團啊？」封平瀾好奇地轉頭詢問蘇麗綰。

「戲劇研。」

「戲劇研好玩嗎？」

蘇麗綰遲疑一下，吐出了個委婉的答案，「可以做平常很少做的事……」

事實上，學校的社團她沒有感興趣的，但礙於規定，所以隨便選了影校三大社團中女性社員較多的戲劇研。

社長蕾娜似乎看她不順眼，入社至今她只有打雜的分，沒實際進行過什麼社團活動。

「我和伊格爾都是弓箭社喔！」伊凡插嘴，「雖然也有參加魔術研究社啦，畢竟是影校的大社團，不過我覺得社長很討厭，活動也很無聊，所以每次簽到完就溜走了。伊格爾也是。」

「沒想到伊格爾也會蹺課呀。」

伊格爾不好意思地輕咳一下。

「如果你們要加入魔術研的話，我要跟你們一組。」伊凡忽地開口。

「為什麼？」

「因為跟著你們就會有好玩的事啊。」伊凡笑道，「我喜歡看好戲。」

「噢？」百嘹聞言轉頭，「我也是呢，呵呵呵……」

伊凡乾笑了兩聲，「我們是同一邊的吧！」

他喜歡看別人出醜，但若發生在自己身上就是另一回事了。百嘹上回在班上同學面前整了他之後，至今他尚未脫離「童顏痴漢」的封號。

「當然，當然。呵呵呵……」百嘹依舊笑著，笑容讓伊凡看得心發寒。

封平瀾一邊聽著柳浥晨和伊凡等人討論社團，一邊看著臺上教師的解說，手中不停振筆記錄他不懂的知識，整本筆記密密麻麻的，但抄寫量已經比剛加入影校時少多了。

這樣的上課時光感覺挺悠閒的，和日校沒什麼兩樣。

封平瀾停頓了一秒，這樣的平靜，讓他覺得不太習慣，好像少了什麼……

他想到了，缺少的是那總是帶著強烈鬥志的眼神，還有那見縫插針的恐嚇。

封平瀾轉過頭，望向坐在教室另一側的海棠。

過去海棠總是會刻意坐在離他不遠的位置，然後一有機會就回頭瞪他，吐出挑釁的言辭。但自從玖蝣事件後，海棠整個人像是被澆熄的火，變得疏冷而淡漠。就如同決鬥前所承諾的，他不再來騷擾封平瀾和他的契妖。

封平瀾抓了抓頭。

照理說生活回復了平靜，他應該要高興才是。但是這樣的平靜，不是他想要的。

咒術練習課時，封平瀾照例和蘇麗綰一組，因為目前只有蘇麗綰知道他完全不會操控咒語，沒半點咒力。

練習的過程中，蘇麗綰總是偷偷放水，假裝兩人實力相當。一開始她還覺得有點尷尬，但後來越演越熟練，甚至覺得有點有趣。

封平瀾企圖操控風的符咒，但是畫著魔法陣的符牌卻動也不動。蘇麗綰非常配合地退後兩步，假裝被風的勁道給逼得後退，還做出吃痛的表情。

封平瀾暗暗豎起大拇指。蘇麗綰忍不住偷笑，但立即回復嚴肅的表情，對封平瀾使出燄咒。飛行的小火團以高速衝向封平瀾，但是在快要接觸到他時煞車，封平瀾立即雙膝跪下，身子向後仰躺，彷彿動作片裡躲子彈的主角，讓火燄飛過，動作配合之流暢，讓人看不出破綻。

正打算起身時，一個孤單的人影倒映入封平瀾眼底。海棠一個人站在角落，對著上了防禦屏的牆施展攻擊，牆面竄起一陣陣魔力衝撞而生的小煙花。

過去海棠總是會追著找他挑戰，他得花上一番工夫躲避。

真的不習慣。

封平瀾眼睛轉了轉，暗暗想了個主意。

海棠第四度召出刈斬咒，薄刃般的冷光劃過牆面，但立即被彈開，在空中崩解。

他停下動作，稍微喘口氣。

忽地，一個詭異的影子鬼鬼祟祟地貼地而來，闖入他的眼角餘光。他回過頭，只見一具身軀躺在地上，像卷軸一般朝他滾來。

海棠微微一愣，還來不及思考，那具滾動的身軀在他腳邊停下，然後緩緩蠕動了一陣，笨拙地將正面翻轉向上。

那熟悉的愚蠢笑顏隨之出現。

「嗨，小棠棠。一個人嗎？給虧嗎？哈哈哈哈！」

封平瀾的低能言談令海棠皺起眉，但他沒有咒罵，也沒有驅趕，只是淡然地開口。

「你來做什麼……」

「小棠棠最近變得好冷漠，都不來找我了。為什麼？」

「之前是為了你的契妖才找你決鬥。我輸了，自然沒有跟著你的理由。」

「怎麼這樣?!」封平瀾躺在地上，悲情地指控著，「之前每天都這麼熱情地來找我，上課時還不惜違反校規派蝴蝶來傳信。把我玩弄一番之後就甩到一邊嗎？小棠棠，對你而言，我只是深夜裡陪你打發寂寞時光的濕紙巾嗎？明明都同居了，怎麼反而變得疏遠？難道這就是所謂的膠漆之身、胡越之心啊……」

封平瀾的話語引起周遭側目。

「你在胡說八道什麼！」海棠勃然狂吼，「這樣的結果不是你想要的嗎！你不是拒絕讓渡契妖所以同意決鬥？你已經得到你想要的結果了，還想怎樣?!」

「噢，對啊，我拒絕你的要求沒錯。」封平瀾咧嘴，「可是我想被你騷擾耶。」

海棠瞪大眼，火氣被挑起，「鬧夠了沒！如果這是你羞辱我的方式，算你贏！」他轉身打算離開，卻發現自己的腳動不了。

封平瀾抓住了他的褲管。

「這樣消極沉悶，一點也不像海棠。」封平瀾笑望著海棠，「我比較喜歡之前那個氣燄囂張又頑劣固執的你。」

海棠愣了愣，沒料到封平瀾會說出這種話。一直以來，他總是從他人身上接收到負面態度。他的出身、他的個性、他的言行，一直都只有被否定的分。

唯一受人認同的時刻，只有在戰鬥中取勝之時。

遠房分家過繼的庶子，血統不正，教養不足，唯一可取之處就只有拿來當武器。這是你存在的價值。

那他自身又算什麼呢？

腳邊傳來的拉扯感，勾回他的注意。

「小棠棠……」封平瀾掀起海棠的褲管，盯著他的小腿，「你是不是有刮腿毛？好光滑……」

「你這白痴！」海棠抽開腳，怒斥，「還不起來！」

「我也想起來呀。」封平瀾苦笑，「可是剛才滾太猛了，頭好暈，現在起來會和坐車的璁瓏一樣變噴泉，唔……」

海棠瞪著發出呻吟的封平瀾，眉間的溝痕深到彷彿嵌入腦前葉。

怎麼會有這麼低能的白痴！這樣的白痴偏偏是特晉生榜首！

「小棠棠扶我，我好暈，爬起不來……」

怎麼會有這麼厚顏無恥的無賴！而他，偏偏是這個無賴的手下敗將，而且還寄人籬下！

海棠突然生起自己的氣，他想揍封平瀾，但更想痛毆自己一頓。

「小棠棠——」

「閉嘴！」

海棠受不了，低吼一聲伸出手，打算拉封平瀾一把，然後快點走人。

手在握住封平瀾的那一刻，還未出力，就被反向而來的力道給往前拉，反應不及的海棠，猛地跌在封平瀾身上。

「呀！少爺不要！老爺先來的！哈哈哈哈哈！」驚呼聲連帶著刺耳的笑聲響起。

海棠憤然起身，召出馬刀，「我要宰了你！」

封平瀾靈活地翻了個身，一溜煙跑開，「呀呀！海棠好色，哈哈哈哈哈！」

兩個人便在練習場內追逐了起來。

附近幾個學生看著封平瀾和海棠的互動，又是驚訝又是好笑。

其中有幾雙眼睛看著封平瀾，暗暗盤算某些計畫。

第三堂，武術課。

前一堂課的下課鐘聲才響起，封平瀾就衝出教室，直奔天臺的練習場。

他是第一個到的學生，天臺上只有教師群在準備著器材兼暖身。遠遠地，封平瀾就看到一個孤高的人影站在場中。

「奎薩爾！」封平瀾像是發現目標的導彈，朝著奎薩爾直衝而去。

這回奎薩爾有了防備，地面的影子立升而起，築起一道屏障，將封平瀾隔離在外。

封平瀾拍打著黑色的影牆，叫喚著奎薩爾的名字。奎薩爾充耳不聞，靜靜看著教學檔案。

封平瀾見奎薩爾不理會，便貼在影壁上，眼巴巴地望著他。

奎薩爾抬眼正好看到這一幕，忽然覺得渾身不自在。

不曉得為何，他似乎知道封平瀾在想什麼……

「他總是這樣子嗎？」教師群之一，教導遠距離武器的淵鵠，經過奎薩爾身邊時打趣地開口，「你的主子很喜歡你。」

奎薩爾皺眉，「他不是我的主子……」

「嗯，看起來的確如此。」淵鵠點點頭，「他比較像是你的粉絲。不管怎樣，有這樣的召喚師，日子應該過得很自在吧，真羨慕吶……」

奎薩爾沒回應。

他不覺得這有什麼好羨慕的。封平瀾只是自己為了棲留在人界、為了取信於協會，而不得不妥協的存在，是不得不容忍的麻煩。

一切都是為了雪勘皇子，只有雪勘皇子是他的主子。

他在心裡再三強調，似乎是為了說服自己。

為什麼要說服自己，他不曉得。

或許是為了迴避心底那悄悄動搖的意志……

學生們陸續到達，奎薩爾撤下影壁後立即轉身登上講臺。封平瀾本想追上，但是上課鐘聲響起，他只好乖乖留在臺下。

所有學生到齊後，照往例，葉珥德會先講一些戰鬥時的基本原則、習武之人的武德、戰鬥的道義和禮節等，大部分的人都沒興趣，但是因為考試會考，所以學生們多多少少會配合地聽講或抄點筆記。

奎薩爾站在臺上的那一刻，底下的學生有些訝異與好奇。

「葉珥德不在，由我代理。」奎薩爾冷聲宣告，「自行分組練習。」接著就走下臺。

底下的學生一時沒反應過來，直到各類組教師移動到練習區時，才跟著移動腳步。

不少人因為不用聽無聊的講課而發出歡呼。只有封平瀾失望地長嘆。

「真可惜，我以為奎薩爾會演講……」封平瀾一邊嘀咕，一邊收起相機，「枉費我和理睿借了高畫素的數位相機準備錄影。」

不過沒關係，幸好他被歸到葉珥德負責的西洋刀劍組，奎薩爾也會指導同一個組別。

封平瀾原本都和柳浥晨對練，但柳浥晨換了武器後就轉移到其他組別。他期待奎薩爾會來教導他劍術，召出影刃後便興沖沖地對空劈砍，等著奎薩爾來糾正指導他。

但奎薩爾只是默默站在一旁，看著學生自行演練。

封平瀾只好一個人練習，握著影刃，胡亂地對空亂揮，不成章法地操控著劍。

一名握著銀色西洋劍的棕髮少年走到封平瀾面前。

「一起練習？」棕髮少年笑著詢問，身後還跟著兩名同伴。

封平瀾認出對方是影校同班的學生，但是不太熟，只記得好像是叫雷尼爾。

「噢，好啊！」封平瀾笑著答應，「不過我很遜喔，你可能要忍耐一下。」

雷尼爾笑了笑，行禮之後便開始過招。雷尼爾的攻勢非常緩和、客氣，讓封平瀾有時間反應。

「你竟然贏了和海棠的決鬥，很厲害呢。」雷尼爾笑著開口。「平常看你表現得很平凡，原來是故意隱藏實力，很少人像你這麼強卻又這麼謙虛。」

「哈哈，我會贏只是碰巧，而且那根本不算真的贏，比到一半就被打斷了。」封平瀾不好意思地說著，「我也沒什麼實力可以隱藏的啦。」

「喔？」雷尼爾微微勾起見獵心喜的笑容，但仍不動聲色地繼續發問，「你是海棠的朋友嗎？我看你和他最近似乎感情不錯。」

「我不知道耶。」封平瀾擋下雷尼爾的攻擊，反刺了一劍，但也被對方輕鬆擋下，

「海棠應該沒把我當朋友吧，哈哈。」

「是嗎？」雷尼爾勾起陰狠的笑容，「所以，你受傷的話他不會在意囉？」

語畢，緩慢的劍路忽而變得快速凌厲，冷不防地朝封平瀾右方的空檔刺去。

封平瀾沒料到雷尼爾會突然出手，閃避不及。冰冷的劍鋒劃過右肩，割破衣袖，在肌膚上留下一道傷口。

血汩汩地沿著手臂流下。

站在一旁觀望的紫眸，眼底泛起了嗜血的寒光。

「啊。」封平瀾小聲痛呼，但雷尼爾並未因此停下攻擊，另一劍就要往封平瀾的腹部刺去。

劍尖在空中被突然插入的另一柄劍給擋下。

奎薩爾森然地瞪著雷尼爾，沒開口，但質問的眼神逼得雷尼爾放下了劍。

「對練受傷是常有的事。」雷尼爾狡猾地開口，「老師可不能偏心啊。過度關心保護，只會讓主子越來越廢……」

「他不是我主子。」

「噢，我能理解為什麼你不想承認。」雷尼爾露出一副了然於心的表情，「不過，其他組別也有學生在練習時受傷，你為什麼不插手阻止？」

奎薩爾不語。

雷尼爾轉頭望向東方刀劍組，看見海棠正怒目瞪著自己，滿意地勾起嘴角。

「我還是先和別人同組好了。」雷尼爾轉身，對封平瀾勾起笑容，「明天再一起練習吧，封同學。」

今天只是試水溫，他已經得到他想要的答案。

站在外圍觀望的契妖看見場內發生的一切，但無法插手。

「那傢伙是故意的。」璁瓏皺著眉低語。

「瞎子都看得出來。」墨里斯哼聲，「但是他為什麼要找那傻子的麻煩？我看他們沒什麼交集。」

「會不會是出於和海棠一樣的理由？」冬犽推測，「為了爭奪契妖……」

「沒想到我們這麼搶手呀，呵呵呵……」

「那個，」站在一旁的曇華聽見對談，歉疚地低下頭小聲道，「我想，可能是因為海棠少爺……」

「啊？」

「海棠少爺前些日子在社團時間把雷尼爾修理得很慘。」曇華小聲說著，「平瀾少爺最近和海棠少爺不錯，所以……」

所以就把怨氣出在無力抵抗的封平瀾身上，以課堂練習為名，行報復之實。

難怪方才雷尼爾會特別詢問封平瀾是不是海棠的朋友。

「卑鄙的人類！」墨里斯暴怒，他最痛恨這種使小手段的人。

「雖然卑鄙，卻很有效。」百嘹就事論事地評論，「因為是在課堂上，契妖無法插手，而且封平瀾確實技不如人，就算練習中受了傷教師也無法干涉。他不像海棠提出條件，所以無法直接打發，只能等他自己願意停手為止。你不得不承認，這傢伙的手段挺高竿的，呵呵呵……」

「真的很抱歉。」曇華低下了頭。

墨里斯瞪著雷尼爾，咬牙切齒。相較之下，他突然覺得海棠似乎沒那麼討人厭了。

雷尼爾離開之後，奎薩爾仍站在原地。

對血液的飢渴、雷尼爾的話語，占據了他的思緒。

他沒有關心封平瀾。

他餓了……

封平瀾不是他的主子。

血的味道，帶著生命的香氣……

他明知道雷尼爾攻擊的不是要害，為何出手阻止？

別管那些了，進・食・吧……

封平瀾看著奎薩爾，眨了眨眼，「奎薩爾？」

奎薩爾沒有回應，他的腦子被嘈雜的思緒給占滿。

封平瀾不是他的主子。他的主子只有雪勘皇子——

說得對。

所以……

吃了他吧。

理智即將被本能給淹沒……

「……你還好嗎？」

這句話像是一盆冷水，從頭淋下，奎薩爾猛地回神、咬牙。

都這時候了，為什麼還問他好不好？為什麼不先關心自己！

他希望封平瀾表現出自私的一面。

這樣，他就不用去面對內心那莫名其妙的糾結和矛盾。

「奎薩爾？」

奎薩爾轉頭，瞪向另一組頻頻探頭關切的蘇麗綰。

他舉起手，指向蘇麗綰，「妳。」

蘇麗綰嚇了一跳。

「帶他去包紮……」

語畢，奎薩爾把封平瀾拋在腦後，有如落荒而逃般，逕自遁入影中離開。

蘇麗綰立即趕來，「你沒事吧？」

「嗯嗯，小傷而已啦。」封平瀾笑了笑，看著奎薩爾消失之處，停頓了幾秒才啟步。

影校放學後，封平瀾一行人照例前往教學大樓掃廁所。

「你什麼時候惹到雷尼爾啦？」伊凡好奇詢問。

「嗯？沒有吧，我這麼天真善良、人畜無害，怎麼會得罪人？」封平瀾自負地說著，

「為什麼你覺得我惹到他？」

「他剛剛明顯找你碴，你沒感覺嗎！」柳浥晨憤憤然地踹開門，「賤人！」要不是不同組，她早就衝過去將那混帳錘爛！

「喔，我以為只是不小心。」封平瀾抓了抓頭，「應該是誤會吧，我又不認識他，他怎麼會找我麻煩？哈哈哈。」

站在一旁握著水管默默沖水的海棠皺起了眉。

「你最好小心點。」伊凡繼續開口，「雷尼爾他姐是戲劇研的社長，人脈很廣。你現在還沒加入任何社團，要是他有意和你作對，搞不好你任何社團都進不了。」

「這麼嚴重喔?!」

「蕾娜也是個難搞的臭三八。」柳浥晨哼了聲，望向蘇麗綰，「妳竟然能忍受和那八婆同處一室，還聽她指揮？」

「還好啦……」蘇麗綰苦笑，但沒否認柳浥晨的說詞。

封平瀾偏頭苦思，始終不曉得雷尼爾的動機。

海棠偷偷地回頭，看見封平瀾包著繃帶的手臂時，不自覺地握緊了拳頭。

這不關他的事，誰叫封平瀾纏著他，自以為是地和他稱兄道弟，被雷尼爾盯上活該，不關他的事。

但是，內心似乎無法接受這樣的說詞……

該死！

Chapter4

別以爲老鼠屎聚在一起
就能假裝自己是紫米粥

影校生散去之後，夜晚的學園一片寧靜。

綜合大樓已熄了燈，只有B棟一樓入口處閃著微弱的光，那是梁姨的電視發出的光線。

夜風徐徐，朦朧的月光灑落在建築物上，將外牆磁磚染上珍珠般的光彩。

銀色月輝中，多了一抹淡金色的薄霧，稀薄而黯淡，讓人難以察覺。光霧隨著夜風，鑽入了未閉闔的窗縫，消失無蹤。

黑暗的房內盤旋著金霧，片刻，漾著邪氣笑容的俊美容顏出現。

百嘹彈指喚出微弱的光圈，轉身看了看周遭，房裡堆放著各式各樣的衣服和工具雜物。

這裡是戲劇研究社的倉庫。

雖然他可以選擇直接開窗進入超自研的教室，但擔心打草驚蛇，於是便迂迴地從別層樓的空隙溜入。

百嘹輕步走向門口，正要開門時，一隻手冷不防地從他身後伸來，環住了他的腰，旋身，將他整個人壓制在另一旁的牆面上。

「小心。」溫柔的嗓音從耳邊傳來，「門板上有追蹤咒語，一碰就會沾黏上。」

百嘹側頭，冬犽和煦的笑容映入眼中。

他忍不住莞爾。

冬犽鬆開手。百嘹站定後，笑問，「你怎麼也來了？」

「理由和你一樣。」

「我知道。」百嘹挑眉，「但這不是你的風格。」

「噢，顯然你還不夠了解我。」冬犽回以春風般的笑容。

「我只要知道，你煮的菜不能吃，這樣就夠了。呵呵呵……」

冬犽不以為意地聳聳肩。

「不能走正門，有什麼對策？」

「通風管。」冬犽指了天花板，「風可以通往超自研的教室，但檔案室是獨立的密閉空間，得另想辦法進入。」

百嘹揚了揚眉，「先下去再說吧。帶路。」

清風徐過，房裡的兩道人影消失。風捲入通風口，穿過重重曲折管道，最後在超自研的教室降臨。

兩人才站定，就見孤高的身影矗立在屋內，顯然也是剛到達沒多久。

奎薩爾回首，並沒有露出驚訝的神色。

「晚上好。」冬犽笑著問安。

奎薩爾沒回應，逕自走向檔案室的門扉。他盯著門板片刻，舉起手，地面和牆面上的影子像是浪潮般湧動，波瀾自四方蔓延集中，化為細小的影珠，滲透到門扉裡。

門扉泛起紅光，隱藏其中的咒語顯現，亮起複雜繁瑣的符紋。陣法查探到異狀，想要運作，但被滲入其中的黑影給箝制，只能維持在發動的前一個步驟。魔法陣隱隱抽動著，有如被插入卡榫的齒輪。

奎薩爾轉開門把進入檔案室，冬犽和百嘹尾隨而入。

百嘹憑著印象走向曹繼賢拿檔案的鐵櫃，找到檔案夾的編號，取出。

「就是這個。」

他們翻閱著冊子，看到記載洋樓的那一頁。白晝時不方便仔細閱讀，此刻三人將那短短三頁的資料，完整地瀏覽了一次。

原屋主是幽界的流亡者，自願從幽界潛行到異界的同類。而召喚師則稱之為「僭行者」——不經召喚、僭入人界的妖魔。

幽界的妖魔不易來到人界，在此處也難以生存。想滯留在人界，若不和人類立契，就得吞噬這個世界的生命體，加強自己在此界的存在。

流亡者得不斷地進食，才能持續穩定的狀態，就像破了洞的氣球，得不斷往裡充氣，才能維持樣貌。

前任屋主非常謹慎，不定期不定量地到外地狩獵，讓人摸不透行蹤。但最終仍被滅魔師盯上。

不過，滅魔師到來之前，前任屋主就被他們給消滅了。

闇字5775。

「有件事我一直覺得奇怪。」百喙忽地開口，「如果滅魔師的印記感應到契約便會發動攻擊，為什麼封平瀾和我們締契後進了房子卻沒事？」

「不只他，海棠和曇華搬入時也沒事。」冬犽偏頭想了想，「一定會有印記嗎？」

「……滅魔師設下的結界是在我們身上，封平瀾解開封印時就解除了所有的咒語。」奎薩爾緩緩說出自己的推測。「雖然咒語解除了，但是記號可能還留著。印記可以是各種形式，可能是某個物件，也可能是記號。待咒語解除後，就變回平凡的事物。」

「沒有其他資料了嗎？」

「這本沒有。」百喙指了指判語「闇字5775」，「這裡可能會有。」

「什麼？」

百喙把手中的本子闔上，資料夾的側邊寫著「超16100-16800」。

「架上的編碼和其他案件都是『超』字開頭，後面加上代碼。判語寫的『闇字5775』，應該是指在『闇』字開頭的檔案裡，有其他的紀錄。」

冬犽露出佩服的眼神。「你怎麼知道？」

「猜的，或許正確、或許不正確，呵呵呵。」

奎薩爾挑眉，「……當年皇家藏書閣斷禁古卷區的失竊案……」

「啊呀，提陳年往事做什麼呢？呵呵呵。」百嘹笑了笑，接著轉頭打量櫃子，「先來找找有沒有『闇』開頭的檔案吧。」

一行人繞了檔案室一圈，沒有任何著落。

當百嘹和冬犽以為一無所獲時，卻看見奎薩爾正站在角落的小窗戶前。小窗只有一扇，看起來像是推出式的。

「怎麼了？」

「這裡，感覺不對勁……」奎薩爾看著窗外的夜景。「這個景色，不對。」

從這個角度，看不到行政大樓的十字。

「噢？」

影子浮起，將窗上映照的影像沁染成一片，有如打翻的墨水，布在上面的偽裝，一點一滴地融蝕。

滴答。

偽裝咒融解的同時，混雜著弱小的碎裂咒，在空氣中發出了微不可聞的聲響。

B棟一樓大門口，盯著電視機的無神雙眸，瞳孔忽地轉細，緩緩轉了轉視線，往天花板望去。

「看來他們藏了些東西在這裡。」百喙看著褪去偽裝後的保險櫃門，撫了撫下巴，「如果是存放檔案的話，未免也太費周章。」

感覺，有點不太尋常。

「可能是機密文件吧。因為是和滅魔者有關的資料，所以要嚴密保管？」冬犽猜想著。

「或許吧，打開就知道答案了。」百喙伸手正要觸碰保險櫃時，被奎薩爾擋下。

「怎麼了？」

「……有動靜。」奎薩爾垂眸，聆聽著外頭的聲響，以及從影子傳來的不祥震動。

獸吼聲從外頭響起，接著是沉重粗魯的奔跑聲，自樓下往上逼近。

「是梁姨嗎？」百喙詫異，「她怎麼察覺到的？」

「看來她不像外表那樣遲鈍。」冬犽皺眉，「要走了嗎？還是暫時躲避一下？中下等級的妖魔，應該構不成威脅……」

「那不是普通的妖魔。」奎薩爾低語。「……那是蠻獸。」

百喙與冬犽臉色一凜。

「確定？」

「從聲音和氣息判斷，可能是疆良。」

疆良是相當殘暴又固執的蠻獸，在幽界時就是令皇族頭疼的種族。這樣的蠻獸竟然出現在人界，影校的召喚師，比他預想得還棘手。

腳步聲越來越近，已經來到了超自研外的走廊上。

「走！」

奎薩爾遁入影中，百嘹和冬犽化成風與霧，在梁姨踏入房中的前一刻溜入通風孔，快速離開大樓。

三人在另一棟樓的屋頂會合。

「拿蠻獸當看門犬，召喚師比我們想像得還瘋狂吶。呵呵呵……」

「應該沒留下痕跡吧？」冬犽擔憂地開口，「得快點離開學校。」

「不。」奎薩爾制止，望向遠方的校門口，「結界被加強了。」

就和他們進入影校那天一樣，強化過的結界，讓裡頭的妖魔無法隨意離開。現在的他們，若是想硬闖，只會被當現行犯逮捕。

奎薩爾的眼前忽地一陣昏眩，方才潛入大樓花費太多體力，此時的他，光是要維持意識就相當困難了。

「一直躲著也不是辦法。」冬犽苦惱地低語，「沒有任何理由可以矇混過去嗎？」

「有！」百嘹靈光一閃，「我們有很好的理由出現在校內，也有正當的理由可以離開。」

「晚上好呀。」輕浮的問候聲傳來。

封平瀾握著水管轉過頭，看見金色的人影出現在門口，雪白的人影也尾隨出現。

「這兒的味道挺不優雅的呢，呵呵呵。」

「百嘹？冬犽？」封平瀾詫異，「你們怎麼來了？」

「來慰問呀。」百嘹笑著，「順便帶來慰問的伴手禮。」

「什麼伴手禮？宵夜嗎？不好意思，我現在沒什麼食欲——」封平瀾的話語在看見最後出現的黑色身影時，僵住停頓，雙眸因驚喜而睜大。

「奎、奎薩爾？」

奎薩爾的表情依然淡漠，但隱約有著些許的彆扭，似乎因為自己出現在此時此地而不自在。

「奎薩爾！」封平瀾興奮地大叫，握著水管的手下意識握拳抓緊，管口受到擠壓，水花爆噴，濺得站在一旁的伊凡和伊格爾一身濕。

「你搞什麼！不過就是契妖，天天都會見到面，幹嘛大驚小怪?!」伊凡一邊抱怨一邊甩去身上的水。

「啊啊，抱歉抱歉！可是……」封平瀾轉過頭，無辜地想要解釋，他勉強讓自己冷靜，然後小心翼翼地把目光移向入口處，接著再度激動暴走，「是奎薩爾！不是幻覺耶！」

奎薩爾竟然來探望他?!

手中的水管再度噴射出激流，二度遭殃的伊凡和伊格爾渾身溼透。

「你是故意的嗎?!」伊凡不滿地揚聲。

「對不起對不起！那裡等一下我來清掃就好！」封平瀾趕緊賠不是，然後望向百嘹，「怎麼會突然過來？」

「突然想你囉，不行嗎？」

封平瀾倒抽口氣，「當、當然可以！奎、奎、奎薩爾也是嗎？」

奎薩爾想立刻走人，但是眼前的情勢卻又讓他無法離開。他深吸一口氣，勉為其難地對封平瀾點個頭，算是問候。

封平瀾倒退了幾步，手撫著心臟，努力壓制那狂烈跳動到彷彿要撞斷肋骨的心臟。

天啊，他是不是在做夢……會有這麼好的事嗎？如果是夢的話，那真是個美好的夢！

雖然這裡有點臭，但瑕不掩瑜！

伊凡一把搶過封平瀾手中的水管，壓住管口，對著封平瀾的臉直噴。

「醒了嗎？愛麗絲？」

「咳咳！……咳……」封平瀾吐出水，「嗯，謝了……」

「連續幾天留校打掃，應該很累吧？所以我們想過來看看情況，順便幫忙。」冬犽溫柔地說著，瞥了廁所內部一眼，在看見髒亂潮溼的環境時，眼中閃過了複雜的神色。有厭惡、苦惱，還有……嗯，封平瀾分不出那是驚訝還是驚喜，然後還有滿滿的鬥志，有點像是攀岩手在面對險峻山壁時會露出的表情。

「呃，不用啦！老師規定不能拜託契妖做……」

「噢，你沒有拜託我，是我自己想過來清掃的。」冬犽說著便擅自拿起棕刷，環視整個廁所一圈，「請問，這地方是創校以來就沒清洗過了嗎？」

「沒那麼誇張啦。」封平瀾看著冬犽躍躍欲試的模樣，勸阻道，「真的不用幫——」

話語未落，冬犽已召起風。

旋風將密閉的窗戶推開，把室內的汙濁空氣沖到外頭，也將牆上、窗溝和通風扇上的灰塵吹去大半。流動的風不斷灌入清新空氣，地面上的紙屑垃圾被集中到角落，潮溼的地面也乾了大半。

「哇噢。」柳浥晨吹了聲讚賞的口哨，「你早該讓他來的。」

封平瀾本來不想麻煩冬犽，但對方的表情看起來非常愉快，也只好任由他去。

轉過頭，封平瀾看著站在廁所外的奎薩爾，四目相接的那一刻，咧起傻笑。

還在耶……真的不是幻覺……

奎薩爾轉過頭，逕自佇立在走廊上。他望著夜空，凝視籠罩在學園外的結界，不動聲色地觀察周遭變動。

目前似乎暫時沒追兵，但不曉得出去時會不會有問題……

這是百嘹的提議。因為召喚師留校，身為契妖的他們也連帶留校，這理由說得通。他們的動作很快，從影校放學後到現在不過二十分鐘左右，加上冬犽協助打掃，讓他們的出現更加合理。

奎薩爾側頭，看了一旁手忙腳亂幫忙的封平瀾一眼。

為什麼只是因為見到他，就如此雀躍……

只因為他的出現……

思緒忽地勾起了久遠以前的記憶。

奎薩爾，你來了。

年少的皇子在看見他時，露出了欣喜安心的神色。

那是在十二皇子的成人典禮上，兩人於受禮前的短暫空檔相遇時的第一句話。

那是非常淺、非常穩重、得體而內斂的情緒。眼眸中不自覺透露出的喜悅，是皇子最後的天真。

成人禮是皇族人生的分水嶺，也是從安逸的襁褓生活，轉向奪權爭位、殺戮戰場的分野。成年前的皇族受到保護，兄弟之間維持著表面上的虛假和諧。成人禮之後，這些偽裝將會撤去，所有的惡意、敵意會全攤在檯面上。

籠罩著自己的保護網即將徹去，接下來，皇室裡沒人會再對他伸出援手，只能靠自己。面對這一刻，每位皇子都會不安，雪勘亦是。

但是，忐忑的心，在看見奎薩爾的那一刻，變得堅強而篤定。

奎薩爾永遠忘不了那一刻，雪勘的那句話，那個眼神。

那一刻，讓他真實地感覺到，自己竟是那麼重要。他的存在有了價值，因為有人真心需要他……

他理解雪勘皇子為什麼重視他、倚靠他，他對自己的才能足以為雪勘皇子所用而感到榮耀。

但是，封平瀾呢？

封平瀾不需靠他守護，不需靠他戰鬥，不需靠他實踐理想，不需靠他成為王者。

為什麼，封平瀾看到他會覺得欣喜？

有如無功受祿一般，他不喜歡這種感覺……

沒錯。

那傢伙的可取之處，只有動脈中流動著的、甘甜的血……

本能的欲望冷不防地主導了思緒，拋出誘人的念頭。接著，喉間傳來一陣灼燒般的乾渴。

奎薩爾伸出手掌，撫壓著自己的頸子，強抑下那躁動的渴望。

拖鞋拍打地面的聲音自樓梯間響起，拉回了奎薩爾的思緒。

只見穿著背心及四角褲、踩著藍白拖的瑟諾，悠哉地踱了過來。當他看到奎薩爾一行人時，停頓了幾秒。

「今天怎麼來得這麼早？」柳浥晨看了看錶，「才半小時而已，還沒掃完。」

蘇麗綰悄悄拉了拉柳浥晨的衣角，低聲提醒，「已經掃完了……」

「什麼？」柳浥晨回頭，只見當她在休息時，整間廁所已經變得一塵不染，光亮潔白。就連原本破舊糾結的棕刷也嶄新得像是被上了睫毛膏一樣，根根分明，根根捲翹。

「你們在這裡做什麼？」瑟諾詢問冬犽等人。

「陪我們的召喚師囉。」百嘹笑著回答，「這麼髒的廁所，不知道要何時才能清掃完呀。」

「你們一直在這裡？」

「你說呢？」

瑟諾探頭看了潔淨的廁所一眼，慵懶的眼神閃過了一瞬的驚奇。

「嗯，很好，比我的房間還乾淨……」應該花了不少時間清理吧。

瑟諾轉過頭，「但是契妖不能幫忙，下不為例。」

「我明白了。」冬犽謙卑地回應。

「你看起來也頗髒的，要不要順便刷洗一下？」百噪調侃。

「天氣熱一點再說吧。」瑟諾抓了抓頭，「今天到此為止，你們可以走了。」

百噪、冬犽和奎薩爾三人默默互看一眼。

危機解除。

次日。

學園和往常一樣，沒什麼特別的動靜。上課期間，殷肅霜雖偶爾對封平瀾等人投以狐疑目光，但也沒多言多問。

午休時間，封平瀾一行人再度前往綜合大樓參觀社團。

經過一樓大廳時，梁姨還是和昨天一樣坐在原位，只是桌面上的花生殼變得更多。梁姨一手抓起大把花生扔進嘴裡，用力咬碎，然後吐出碎裂的花生殼。彷彿透過這樣的進食方式洩憤，任誰都看得出她情緒極差，但沒人知道理由。

百喙和冬犽經過大門時稍微有些擔憂，但梁姨只是抬頭瞪了他們一眼，就像瞪其他路過的學生一樣，並沒有其他反應。

四樓，魔術研究社。

剛踏入魔術研究社，映入眼中的是一個舞臺和扇形座席。整個空間相較於超自研的教室，看起來小了一些。有學生在臺上演出，臺下坐著的觀眾則聚精會神地觀看，並在手中的本子做記錄，不像是看表演，更像觀察實驗體。

封平瀾等人一到，伊凡便興沖沖地跑來迎接。

「嗨嗨，怎麼這麼晚才到？為了你們，我今天可是乖乖留在社內沒溜走呢！」

「現在是在表演嗎？」封平瀾看著舞臺上的人憑空把玻璃瓶裡的水變不見，接著又源源不絕地從紙杯裡倒出果汁，興奮地想過去湊熱鬧。

「噢，那是例行測驗。社員上臺展示魔術，臺下的人必須觀察並破解他的手法。」

「那有什麼了不起的，我隨便施個咒語就能讓水杯變水井。」璁瓏不以為然地道。

「你坐上車就能把車廂變水肥槽。」百喙輕哼。

「那不是魔法。魔術研的規定之一就是禁止使用任何咒語和魔法。」伊凡笑著說明，「社長不在，我帶你們參觀！想不想玩玩看把人切成兩半的箱子？還是掙脫水牢？」

宗蜮眼睛一亮，似乎對這話題非常感興趣。

「請問……」陰沉的嗓音試探地詢問，「這些魔術的失敗率……大概多高？」

「基本上不會失敗，畢竟都是特殊道具，只要步驟沒搞錯應該就不會有問題。」

「請問……要如何搞錯步驟？」話語中帶著期待。

眾人無語。

「這樣隨便進來可以嗎？」

「可以啊！我不是說了嗎？社長不在。」伊凡拉笑著拉住封平瀾，逕自領著大家前往。「快點快點！」

魔術研究社的教室表面上看起來不大，實際上舞臺後方隔出了許多空間，分別做不同的魔術演練。

伊凡帶著眾人經過窄小的走道，打開其中一個房間，只見伊格爾和幾名學生正在裡頭。房裡有不少新生在練習基礎手法。妖魔們得知那些戲法都不是用咒語完成，都相當驚奇，各自被不同的魔術吸引了目光。

伊格爾站在一部造型類似斷頭臺的儀器旁，儀器前方躺著一根被平整裁斷的黃瓜。見到封平瀾一行人，伊格爾微微點頭問安。

「這個是什麼？」封平瀾衝向前，驚奇連連地繞行儀器一圈，「好酷喔！這要怎麼做？教我教我！」

伊格爾沉默片刻，似乎有點遲疑。最後像是打定主意，以平淡生硬的語調開口，「好的……首先，放入小黃瓜。」

「一定要小黃瓜嗎？我不喜歡小黃瓜耶。」

伊格爾停頓了一秒，「也可以放蘿蔔。」

「紅蘿蔔還是白蘿蔔？」封平瀾認真提問。

「……都可以。」

「還有其他選擇嗎？」

伊格爾停頓了一秒，「有。」接著轉過身，彎腰，從平臺下的工具箱裡拿出一個菜籃，裡頭放滿了各式各樣練習用的條狀蔬果。

「哇哇好多！有筍子耶！我要筍子！」

伊格爾拿出筍子，卡進小斷頭臺的缺口固定好，然後像背臺詞般開口，「請看，這臺儀器沒有任何作假，刀鋒非常銳利。」接著用力壓下把手。

「嚓！」刀刃落下瞬間，筍子被硬生生切成兩半。

「太酷了！」封平瀾用力擊掌，然後繼續催促，「下一個換玉米！」

伊格爾開口似乎想說些什麼，但看著封平瀾期待的眼神，便閉上嘴，順從地拿起玉米，安裝，然後壓下把手。

「嚓！」玉米斷成兩半。

「讚啊！超讚的！」封平瀾樂不可支，繼續點菜，「換馬鈴薯！」

「嚓！」

「芹菜！」

「嚓！」

「噢！還有山藥耶，放上去放上去！秋葵也來幾根！」

「嚓嚓嚓！」

清脆新鮮的切剁聲，此起彼落地響起。

「你在幹什麼啊？」當伊凡回過頭來找伊格爾時，只見桌面上堆滿了被切斷的蔬果。

伊格爾停頓幾秒，似乎想解釋，但最後只是簡單地吐出兩個字，「……示範。」

「這個魔術不是這樣進行的啦！你切完蔬菜後，要請對方把手放在凹槽裡，然後啟動機關，刀刃掉下後他的手卻完好無缺才對！」伊凡沒好氣地指正，「你這樣沒有發揮到魔術的手法嘛。」

「有啊有啊！」封平瀾舉手，「你看，伊格爾憑空變出一盤沙拉了！」接著順手拿起一根芹菜啃了起來，「如果可以變出千島醬就更完美了，哈哈哈！」

伊格爾的嘴角微揚，露出淺淺的微笑。

「不要帶壞我們家伊格爾！不要害他越來越笨！」伊凡抗議。

教室的另一隅，墨里斯正在看超能力表演。

「請看，這根鐵棒非常堅硬，但我施展念力後它就會彎曲。」魔術研社員對墨里斯解說，「這可不是咒語或魔法喔。」

「這種事根本用不到咒語。」墨里斯拿起另一根鐵棒，雙手一折，堅硬的鐵棒瞬間變成迴力鏢。

社員傻眼，拿著那根無法再變回原狀的鐵棍，不知如何反應。

希茉則是對將水變成果汁的戲法非常感興趣。她鼓起勇氣，走向那陌生的男社員，怯生生地詢問，「請問……」

「想學嗎？」

希茉用力點頭，「那個……可以變出酒嗎？」

社員笑了笑，「理論上是可以，但是校內不能帶酒，所以現在沒辦法。」

「噢……」希茉失望垂肩。

另一角，魔術研的社員正將染黑的衣服變得潔白如新，冬犽被這個魔術吸引了目光。

「這太了不起了。」冬犽由衷讚嘆，「請務必教會我，我對衣領上的頑垢非常頭疼。」

「呃，這是用特殊墨水。」

「噢……」冬犽失望垂肩。

百嘹興致盎然地看著一名女社員表演撲克牌魔術。在百嘹的注視下，對方顯得侷促不安，連抽牌洗牌的動作都變得不太流暢。

「那麼，你剛剛抽中的是這張牌，對吧？」女社員掀開牌面。

百嘹挑眉，「確實是。」他玩味地走上前，取下對方手中的牌，翻了翻，「真神奇吶，這是怎麼辦到的，可以告訴我嗎？呵呵……」

「這、這是讀心的魔術……」

「噢？妳真的能猜中我心中的想法？」

女社員故作鎮定地回應，「是的。」

「騙子。」百嘹笑了笑，將頭湊向對方，悄聲在女社員耳邊輕語，「如果妳知道我在想什麼，應該會立即退開，並且顧好自己的衣釦才是。呵呵呵……」

女社員的臉立即漲紅，手中整副牌啪啦散落在地。

「現在是來砸場的嗎……」柳浥晨看著一團混亂的教室，無奈地搖了搖頭。

一行人晃了魔術研一圈後，雖然對不少東西感興趣，但因為時間有限，便轉移陣地，前往戲劇研究社。

三樓，戲劇研究社。

推開社團大門，打通的寬敞空間裡架著數個布景，有教室、商業辦公室、機艙、居家套房等，做工逼真，有如真實場景重現。

牆角處有數張大桌，幾個人站在桌旁製作著舞臺道具。另一個角落則有不少人坐在化妝鏡前，正替自己化上特殊妝容。

封平瀾左右張望了一陣，「怎麼沒看到麗綰？」早上蘇麗綰提到參觀社團的事，他原以為她會出現。

「我倒是看到幾個麻煩的傢伙……」柳浥晨望著社團教室另一隅。

三個人站在角落談話，其中一人是超自研的社長曹繼賢，另外兩名則分別是戲劇研和魔術研的社長。有名社員走向談話中的三人，站在女學生旁低聲報告，接著，三人的目光同時轉向封平瀾一行人的方向。

百嘹和冬犽互看了一眼，心裡有底。

「嗨，是曹學長耶！你怎麼也來了？該不會是想轉社吧？哈哈哈！」封平瀾笑著打招呼，朝著三人走近。

三人互看一眼，接著揚起客套的笑容。

有著嬌麗容顏和凌人氣勢的女學生率先開口，「我是戲劇研社長，蕾娜・德・柏阿爾。各位是想加入社團的新人嗎？」她的目光看向宗蜮，「我記得你已經被退社了，不是嗎？」

「只是剛好同行而已。」宗蜮邊說邊拿起掛在一旁的精緻假面具，不屑地輕笑出聲，「做得比我五歲時的作品還差……嘻嘻嘻……」

蕾娜皺起秀眉。

「可以先參觀一下嗎？」封平瀾問道。

「噢，請便。這裡是主要活動教室，另一邊是倉庫。你們可以隨便逛，不過每個角落都會有人在。」蕾娜話中帶刺地笑道。

「我們自己看嗎？」封平瀾抓了抓頭，「我以為會有社團導覽。」

「我相信你們已經很習慣隨意進出別人的地盤了。」

封平瀾不明白對方所指為何，柳浥晨則是皺起了眉。璁瓏、希茉和墨里斯也是一頭霧水。只有冬犽和百嘹知道對方的敵意從何而來。

一行人繞了社內一圈，走馬看花地晃了晃活動教室，接著轉移陣地前往倉庫。

「那婆娘在囂張什麼勁！」柳浥晨怒罵。

「我不喜歡她的態度……」

「你到底做了什麼，為什麼到處都有人對你不爽？」璁瓏對封平瀾抱怨。

「我什麼也沒做啊！」

來到倉庫，柳浥晨一腳踹開門，屋裡很暗，只有角落的一盞黃色燈泡亮著。燈泡下坐了個人，在聽見聲響時抬起頭。

「噢，午安。」蘇麗綰笑著揮了揮手，手中握著針線。在封平瀾來訪前，她就一直坐在角落的桌邊縫補破損的道具。

柳浥晨忍不住皺眉，「妳怎麼像灰姑娘一樣啊！戲劇研的人是都死絕了嗎！」

「社員們大多為了外出任務而非常忙碌，所以沒什麼時間修補東西。」蘇麗綰笑著回答，「總要有人做這些事的，剛好我又擅長這個，能有一個人的安靜時光也很好……」

「好個屁！妳又不是女工！」柳浥晨一把抓起蘇麗綰面前放著的衣服。

那是件華麗的黑色綢緞晚禮服，低胸設計，側邊下襬開岔到大腿。柳浥晨嫌惡地瞪著那衣服，「這是那個寡廉鮮恥的三八的東西對吧！她私人的物品憑什麼要妳處理！」

「因為她是社長，有很多事要忙。而且只是要我稍微修改得更合身……」

柳浥晨挑眉，直接把胸口部位用力向兩側拉扯，原本的深V領口一路裂到胯下部位。

同行者全都詫異地看著柳浥晨的舉動。

「這樣最合身。」柳浥晨隨手把衣服塞到角落，「事業線一路連到生產線，騷味側漏，正合她意。」

「班、班長，妳太霸氣了！」

蘇麗綰苦笑，「這樣社長會不高興的。」

「大不了一起轉社！又不是只有這個社團！」

「各位參觀完了嗎？」詢問聲從後方響起。

眾人回首，只見三大社團的社長出現在門外，一臉來意不善地看著屋裡的人。

「你們是朋友呀？」蕾娜看了蘇麗綰一眼，「妳人緣真好呢，但是最好慎選朋友。」

「噢，她會的。」柳浥晨插嘴，「所以她沒和妳有太多往來。」

蕾娜杏眼圓睜，咬牙切齒，正要發飆，卻被魔術研社長艾迪攔下了。

「請問有什麼事嗎？」冬犽見三人同時現身，料想情況不妙，但還是禮貌地開口詢問。

「是這樣的。」曹繼賢裝腔作勢地輕咳一聲，「昨天晚上，超自研發生了非法入侵事件，有不明人士潛入檔案室。」

「真的喔?!」封平瀾驚訝地開口，「那有東西不見了嗎？」

曹繼賢冷笑了聲。

「竊賊雖然解開了保險櫃的初階防禦咒，但顯然能力不足，所以沒能把鎮社之寶的皇族寶石偷走。」

百嘹輕笑，原來那櫃子裡藏的是寶石啊。他們要的才不是那顆無用的石頭，而是滅魔師的資料。看來，沒找到目標，反而意外惹來了麻煩。

「這樣喔。」封平瀾點點頭，鬆了口氣，「還好沒被偷走。」

「是啊，幸好沒被偷走。」曹繼賢假笑回應。

蕾娜打斷談話，插嘴，「決定好加入什麼社團了嗎？」

「還沒有耶，我們對戲劇研還不是很了解，剛剛的魔術研也是……」

「不用參觀了。」蕾娜開口。「在你們通過入社測試前，不能再踏入我們的社團一步，我們只容許正式社員進入。」

「啊？戲劇研要測試喔？」

「不只戲劇研，魔術研、超自研也是。」蕾娜盛氣凌人地說著，「另外，我也和其他社長討論過了，我想他們近期在招收社員時也會有些新規定。」

「之前沒有入社測驗吧？」璁瓏質問。

「現在有了，為了避免有不良成員汙染單純的社團環境。」曹繼賢頤指氣使地說著，斜睨了封平瀾一眼。

「這裡還有被汙染的餘地嗎？一整鍋的老鼠屎，好不容易來了幾粒米，還不好好珍惜？」柳浥晨直接開嗆。

「妳才是老鼠屎！」蕾娜回罵，「別以為妳的契妖是老師就可以仗勢欺人！」

「葉珥德算什麼?」柳浥晨冷笑,「我要是真想仗勢欺人,妳連在這裡賣騷的機會都沒有!」

「妳說誰騷!」

兩頭母獅互吼,誰也不相讓。

「那個,我們還要參觀社團嗎……」站在一旁的希茉小聲詢問。

「那兩個不知道為什麼找我們碴。」璁瓏事不關己地看了曹繼賢和艾迪一眼,然後看向柳浥晨和蕾娜,「然後那邊好像要打起來了。」

「噢。」墨里斯興味盎然地環胸,「我還沒看過雌性人類打架。」

「浥晨,冷靜點……」

就在場面鬧得不可開交時,忽然有人舉手,硬是插入砲火轟隆的戰局中。

「我有問題。」封平瀾舉著手,老實地詢問,「所以,不管要加入三大社團的哪一個,都有入社考試?」

沒人料到在這吵鬧之中,封平瀾竟然維持著冷靜,思考入社的事。

「對。」艾迪回答。「要通過測試才能入社。」

三個社長中,艾迪算是比較客觀中立的。他和曹繼賢及蕾娜的交情並沒有多好,他只在意如何增加社團經費,而三大社團聯合對提高預算有利,因此他才和另外兩人合作。

封平瀾苦惱地抓了抓頭，「入社考試是什麼時候？是同一個時間嗎？我們下週就要交入社資料給班導呢。」

三名社長互相交換了個眼色。

「我們討論後，為了節省時間和人事，所以決定聯合測驗。」

「噢，好啊。」封平瀾想也不想地答應，「那測驗內容是什麼？」

曹繼賢滔滔不絕地開始敘述，「我們三大社團一直以協助協會為宗旨，日後成為優秀的召喚師，成為協會的一員——」

「說重點！」柳浥晨打斷。

曹繼賢不滿地皺了皺眉，「簡單地說，就是要你們靠自己的力量去執行一件任務。」

眾人面面相覷。「任務？」

「一般而言，超自研的社員們會固定在網路或報章雜誌找尋可疑事件，這需要敏銳的觀察力和辨別能力——」

「說重點！」

「也就是說，任務要你們自己去找尋。」

「什麼?!」

「當然，不會讓你們大海撈針。」曹繼賢拿出一疊厚厚的檔案，遞給封平瀾，「這裡面是超自研近四年來追蹤中、但尚未確認的案件，你們可以從中選一則事件進行調查。」

「哇，真好心喔。」柳浥晨雙手環胸，諷刺地說著。

「找出可疑的案件進行調查，我們會針對調查結果做出評分。在這過程中，你們可能得變裝、偽造身分潛入現場，事成後也可能會需要編造取信於人的說詞。這些，就是我們三大社團在做的事。我們得測驗你們是否有能力成為獨當一面的社員。」

「能獨當一面的話何必入社？都會的話還學個屁！」柳浥晨對測驗內容非常不滿，她一把搶過封平瀾手中的檔案，「誰知道裡面哪些案件有問題、哪些只是空穴來風？如果真的是妖魔或不從者所為，誰能確保我們的安全？」

「我們就是這樣走過來的，冒著危險偵查回報，浪費大把時間、金錢和人力，卻只證明了空虛的謠言。」艾迪出面緩頰，「而且，由我們選擇案件的話，或許會被曲解成刻意刁難。」

「他媽的這不叫刁難什麼叫刁難！」墨里斯不滿地開口，他非常看不爽曹繼賢裝模作樣的嘴臉。

「沒錯！」柳浥晨幫腔道。

「你們冷靜點啦，我們又沒做什麼，哪會無緣無故被刁難？哈哈哈。」封平瀾樂天地勸解著。

一旁的冬犽有點不好意思地低下頭，百啼則是依然事不關己地笑看著三人一搭一唱。

「還有很多社團可以選擇，未必要加入三大社團。」艾迪把早已計畫好的說詞緩緩吐出，「念在各位都是新生的分上，特別通融，只要你們通過聯合測驗，想加入三大社團的哪一個都可以。」

「但是，只要沒通過，三個社團都不得加入吧？」封平瀾沒被看似有利的條件給蒙蔽。

艾迪愣了一下，「……沒錯。」他沒想到封平瀾反應這麼快，開始擔心封平瀾不願接受不公平的條件，甚至向教師提出抗議。

封平瀾只是點點頭，繼續問，「那，可以同時加入三個社團嗎？」

社長們沒想到封平瀾會這麼發問，互看一眼，彼此暗暗點頭。

「可以。」

「噢，那很好呀。所以我們要做的事，就是從檔案裡找出可疑事件，然後前往調查，證明那個地區確實有不尋常的事發生，不管造成異常的原因是出於妖魔、不從者、或是滅魔師，然後通報給協會是吧？」

「對。」

「只要證明就好？如果情況危急、無法即時通報的話，可以直接處理嗎？」

「對，只要做到證明和通報就好，你想直接處置也可以。」艾迪看著封平瀾，「但是你頂多只有三級……」二十級以上的舊生也未必敢這麼做。

「已經提升到四級囉。」封平瀾滿意地揚起笑容，「那就這樣吧，我們接受這個測驗。」

「你同意？」曹繼賢再三確認，「這是你自己答應的，可不能反悔。」

「嗯嗯，我知道。」封平瀾笑著同意，「你們才是，到時候不能反悔喔。」

「慢著！」柳浥晨和墨里斯幾乎是異口同聲地跳出來攔阻。

「這條件根本不公平——」

「憑什麼要聽他們的指示——」

「放心放心。」封平瀾笑著揮揮手，安撫對方的情緒，「沒問題的。」

「可是——」

「已經決定的事不能反悔。當然，要棄權也是可以。」曹繼賢風涼地說著。「畢竟各位能力不足……」

「你才能力不足！」柳浥晨、墨里斯和璁瓏異口同聲地反駁。

蕾娜笑了笑，「那就期待各位的表現囉。」

眾人雖有不甘，但封平瀾已經同意，而且也不願被人當做是無能而反對，只好忍下怒氣，憤然離開。

「為什麼答應！」

「太魯莽了！」

「你明知道那三個人沒安好心，故意找我們碴！」

一離開戲劇研，帶著火氣的質問對著封平瀾劈頭砸下。

「喔。」封平瀾抓了抓頭，「只是調查而已，應該還好吧？」

「你不要忘了，那三個社團都是眾多社員分工進行，就算是經驗老道的社員，也很難完成整個流程啊！」

柳浥晨怒氣沖沖，她對整個測驗都非常不滿，對那三個社長更是不滿！

「是喔。」封平瀾點點頭，「可是我們不一樣啊。」

「對！我們全是新手！」

「不不，不是這樣的。」封平瀾樂觀地說著，「我的意思是，我們的隊友比較強啊。上次都能擊退皇族追兵了，這次只是調查而已，一定沒問題。」

柳浥晨愣了愣，「那次是有老師協助……」

「老師來之前我們也撐了很久呀。」封平瀾回頭看了眾妖一眼，「而且，這次大家都在，調查這種任務，根本小菜一碟吧。」

眾人沒料到封平瀾會這樣想。原來封平瀾答應的原因不是出於莽撞，而是出於對他們的信任。

雖然在過去的日子裡，身為皇族上將的他們，對於他人的讚美和推崇已經習以為常，但是被封平瀾這麼單純而直接地予以肯定和信任，竟讓他們一時間不太習慣。

「哼，算你有眼光。」墨里斯得意地點點頭。

「你為什麼堅持要加入那三個社團？」百嘹好奇。

「加入社團就有機會看到檔案啦，說不定會知道更多……嗯，有趣的資訊。」因為柳浥晨和宗蜮在場，封平瀾委婉地說出理由。

所以，他是為了他們？

「就算加入，他們也未必會讓我們看檔案吧。」百嘹笑著點明。

瞧對方把他們視為賊的態度，入社後肯定不會有好日子。雖然他們確實是賊，但想要的東西和社長們想防的東西完全不同。

「嗯，或許吧。沒關係，總會有辦法的！但是不加入的話，連接近真相的機會都沒有了。」

封平瀾偏頭思考了一下，有些念頭掠過腦海，但還只是個概略的想法。

或許，真的有辦法可以光明正大地調閱三大社團的檔案。

不過，這個想法還很籠統，而且有很多不足。

如果可以克服，如果可行的話……那就——

封平瀾的思緒被身後傳來的嘈雜聲打斷。

眾人回首，只見幾名教師沉著臉匆匆下樓，人群中有個熟悉的臉孔。

「海棠！」

海棠就在教師之間，像是被押解的犯人一般，被挾帶著下樓。

聽見叫喚，海棠轉過頭，桀驁不馴的容顏在看到封平瀾時勾起冷笑。

「……我們不相欠了。」

封平瀾來不及追問，海棠就在教師們的帶領下離開了。

「他說那話是什麼意思？」封平瀾不解地轉頭詢問同伴。

「誰曉得。」墨里斯一點也不在意海棠的下場。

「看那情勢，那小子應該又惹麻煩了吧，呵呵。」百嘹笑道。

封平瀾望著海棠離去的背影，眨了眨眼。

到底又怎麼了呢？海棠……

離開社團大樓前，經過梁姨身旁，桌面上的花生殼已多到掉落地面，在腳邊堆積起新的小丘。

封平瀾想起宿舍的管理員。

Chapter5

手中緊握著堅挺的鋼硬，揮灑汗水地激烈戳刺往來——是在說練劍，爲何你想歪？

距離上課還有十分鐘。

封平瀾一個人繞過校舍，穿過廣場，來到宿舍大門口。他有一陣子沒見到管理員大叔了，在影校也沒看過他，不曉得對方是不是召喚師。他突然想到，自己連大叔的名字都不知道。

大叔是他來到學園裡遇到的第一個人，前往廢棄洋樓、認識契妖、加入影校，所有發展都源於他提早報到的那天，管理員堅持不讓他入住。

他想知道大叔是不是影校的老師，如果是，他想讓對方知道，現在的他也是影校的一分子，因為那一晚無心的舉動，導致他的生活變得如此不同。

氣喘吁吁地穿過宿舍，來到大門口處的管理員室。遠遠地，他就看見屋裡有人。封平瀾開心地衝向管理員室，用力敲打管理員的小窗。

「午安——呃！」

室裡的人抬起頭，那是一名三十來歲的陌生男子。男子有著棕色的髮絲和深碧綠的眼，俊秀的相貌同時擁有東方與西方的特點，讓人無法辨識究竟來自何方。

男子臉上掛著平靜的微笑，有著讓人放心的溫暖氣質，讓封平瀾想到了冬犽。但這人有著冬犽所沒有的肅穆感。

「你好，有什麼事嗎？」男子微笑詢問。

「那個，請問原本的管理員，就是常喝檸檬紅茶的那個大叔，他……辭職了嗎？」封平瀾有點擔憂地問。

「他目前在忙，我只是暫時代他的班。」

「這樣喔……」封平瀾抓了抓頭，「好吧，那我下次再來好了，打擾啦！」

正打算離開時，男子微笑著丟出了一個問題，留住了封平瀾的腳步。

「你是特地來找他的？有什麼事需要我轉達？」

「沒什麼事啦，只是有一陣子沒見到面，有點想他……」封平瀾停頓了一下，「我不是迷戀大叔的痴漢，只是單純的想念喔！」絕不是那種午夜夢迴旖旎春夢裡濕答答啪啪啪的想念。

面對封平瀾的蠢言蠢語，男子沒有特別的反應，依舊平靜地回答，「我知道的。」

封平瀾打量著男子，有點好奇地開口，「你是學校的老師嗎？」

「我是學校的職員，沒有授課。」

「喔，所以是工友先生呀。」封平瀾恍然大悟，「那個，教學大樓C棟廁所一直有水箱漏水的問題……」

男子淺笑，將手探入衣領拉出一條銀鍊，鍊子尾端掛著一個透明的十字架。

「我是聖堂的管理員。」

「聖堂？」

男子伸手指向中央行政大樓，「白色十字架正下方有間聖堂，我是那裡的負責人。」

封平瀾點點頭。曦舫是間規模龐大的學校，每個科系、不同學級都有許多不同的部門和特殊的行政單位。

他不知道聖堂管理員是幹什麼的，但既然有管理員三個字，又來代宿舍管理員的班，那，應該就是管理員吧。

「所以，你……」是哪一邊的職員？是影校嗎？

封平瀾想繼續追問，但又擔心對方只是一般人，偏頭想了一下才開口。

「嗯……你和綜合大樓B棟的梁姨是同一掛的嗎？」他委婉地探問，「還有殷肅霜老師他們……」

「我們都是同事。」男子回了一個聽不出所以然的答案。

封平瀾放棄追問，反正如果是影校的人，之後一定還會有機會見面。

男子望向封平瀾手中捧著的檔案夾，「那是社團資料嗎？」

「是啊，這是超自研的檔案，有很多神祕未解的事件喔！」

「你決定加入超自研了？」男子玩味地看著封平瀾。

「還沒有啦，要通過測驗才能入社……」封平瀾笑著回答，沒發覺到男子話語中透露出的訊息，沒察覺對方似乎知道他還沒決定社團的事。他繼續說著，「這是超自研、魔術研和戲劇研三大社團聯合舉辦的測驗呢！」

「噢？」男子感興趣地揚了揚眉，「我以前沒聽說過有聯合入社測驗。」

「對啊，」封平瀾得意地說著，「只有我們才有喔！」口氣彷若這是多麼難得的殊榮、多麼值得開心的事。

男子盯著封平瀾片刻，再度微笑。「這麼想加入超自研？」

「噢，不只超自研……」封平瀾停頓一下，似乎在猶豫是否要開口。

對方明明只是個剛見面的陌生人，卻有著讓人安心的氣質，令人忍不住想和他分享所有事。

「其實我三個社團都想加入。因為我有想看的東西……啊，絕不是要偷窺女社員換戲服，或者學催眠騙財騙色喔！」

男子淺笑，「你的理由很特別呢。」

「其實是想幫別人忙，所以才加入的啦……」

男子好奇，「為了……朋友？」

封平瀾沉默了幾秒，然後不太好意思地抓抓頭，「如果能夠是朋友就好了。」

他和契妖們的關係很微妙。既是主從，又是同學，也是同居人，卻沒有一個能完全代表他們的情況。

嚴格來說，就只是認識彼此、擁有共同祕密的一群人而已。而且，對方隨時會離去。

可以是朋友嗎？

他這樣想，會不會太過自以為是，太過得寸進尺了？

「如果只是想看社團資料，可以加入學生會，每學期的社團評鑑都能要求社團繳交任何檔案。」

男子的話語拉回了封平瀾的思緒。

「這樣喔？」他眼睛一亮，但又立即回復，「不過……要等到學期末才能看，好像有點久，而且一週內就要交還。」

光是超自研檔案室的資料就這麼多，他們能在一週內找到自己需要的資料嗎？而且若是成為學生會的一員，到時要做的事絕不只這些，一定會擠壓到查閱資料的時間。

這回換男子眼睛一亮，「你知道不少呢。」

「那個社團簡章上都有寫啦，哈哈！」

上課鐘聲響起。

「噢，我該走了。那個，你如果遇到管理員的話，幫我和他說一聲。謝啦！再見！」

封平瀾正準備離去時，男子忽地開口。「你有幾個兄弟姐妹？」

他停下腳步，「我有個大哥，比我大十五歲。」

「只有他一個？」男子繼續追問，「沒有年齡更相近的兄弟了？」

「沒有，除非我老爸在外面偷生，不過應該不可能啦，哈哈哈！」鐘聲停止，封平瀾趕緊告辭，「我得先走啦，等一下是班導的課，晚到太久會被念的。」

「你不會被念的。」男子笑著，篤定地預言，「再見。」

「希望囉！拜拜！」封平瀾朝對方揮揮手，然後轉身，火速朝著校舍奔去。

「聖堂管理員？」窄小的管理員室中不知何時多出了個人影。

無端冒出的訪客走向矮櫃，拿起放在上頭的墨鏡戴上，接著從小冰箱裡拿出一大壺冰紅茶。一邊倒茶，一邊不予苟同地搖了搖頭。

「你倒是越來越會掰了。」

「他對『管理員』有好感，用這個稱謂，對他來說比較親切。」碧眼男子轉頭，笑著詢問，「他來找你做什麼？」

「誰知道。」管理員用吸管戳起檸檬片，丟到嘴裡，「那個怪小子瘋瘋顛顛的，一直難以預測。」

男子輕嘆了一口氣，「……他是個好孩子。」

「嗯，是啊。」管理員接著嚼起冰塊，「後悔把他扯入了？」

「這不全是出於我的意願，而是出於至上神的引領。就連今日、方才的相見也是。」

男子輕盈堅毅地低語，「……無論往後如何發展，我深信這一切都在祂的預料與掌握中。」

封平瀾回到班上時已上課四分鐘，殷肅霜正站在講臺上教課。當他看見封平瀾，皺著眉正要開口訓斥時，像是看見什麼東西一般，到了嘴邊的話即時煞車。

「班導，不好意思我遲到了，我剛剛去──」

「廢話省了，回位置。」殷肅霜沉著臉指示，沒再多言，繼續講課。

封平瀾抓了抓頭，咧嘴而笑，「班導今天心情不錯喔，是不是下班有約會？」

殷肅霜的表情更陰沉了幾分，「你可以更白目一點……」

他本想訓話的，但是在開口前，他看見封平瀾肩上有著半透明的金色羽毛，在映入他的眼中時一閃即逝。

他知道封平瀾剛才見的是誰，便不再開口責難。

下課時，封平瀾坐在位置上，翻閱著超自研的檔案。

裡頭有不少案件，甚至有東亞、南亞地區的部分國家。他雖然對國外的案件感興趣，但考量到時間和金錢，只能把範圍鎖定在本地附近。

「你中午去哪裡啦？」白理睿好奇地湊過來。

隨著白理睿靠近，封平瀾聞到一股香甜的桃子味，一轉頭就見他正一手拿著水蜜桃罐頭，另一手拿著精緻的叉子，悠哉地進食。

「這兩天你人不在，我一個人去食堂吃飯搭訕被拒絕，頗尷尬的。」

「你不是每次搭訕都被拒絕嗎？現在才感到尷尬？」璁瓏詫異，「你的傳導神經是不是有問題？」

「你們在的話，敗陣了我至少有同伴當後援，還是能維持瀟灑倜儻的形象。一個人單打獨鬥輸了，看起來就只是普通的喪家之犬。」

「你就非得自取其辱嗎？」璁瓏翻了個白眼。

「這是男人的浪漫。」白理睿轉過頭，看向封平瀾桌上的檔案夾，「這啥？」

「超自研的資料。我們這兩天中午都去參觀社團了，今天是去魔術研和戲劇研喔。」

「這樣喔。」白理睿優雅地吃了口桃子，「你剛說的那幾個社團很難搞，我想申請魔術研和戲劇研都被擋下了。」

「嗯嗯，的確不容易入社，我們也得通過入社測驗才能加入。」封平瀾拍了拍檔案夾，「這就是入社測驗。」

「果然。」白理睿嘆了口氣，「我就想說憑著我過去寫情書時，經常引用莎士比亞名言，對戲劇有一定認知，以及多年來自學魔術的根基，怎麼可能會入不了社？顯然是入社標準太過嚴苛。」

「我想，以你的情況來說，應該是出在人品問題上。呵呵……」百嘹輕笑。

白理睿看著封平瀾桌面上的檔案夾，沉默了幾秒，「超自研會研究精靈、妖精、或超自然生物嗎？」

「會啊，連外星人或幽靈都有喔！」

白理睿思考了片刻，「可以借我看一下那個資料夾嗎？」

「喔，好啊。」檔案夾裡都只是單純從網路、報紙收集來的案件資料，所以封平瀾也就大方地借出。「理睿對這個有興趣？我還以為你不喜歡怪力亂神的東西。」

「只是參考一下而已。」為了他收留的那個小小美人兒……

「該不會是被活著的女性拒絕到心死，所以決定對死人下手了吧？」百嘹調侃。

聽到死人，坐在不遠處的宗蜮回頭看了一下。

白理睿快速地瀏覽內容，凶宅、廢墟、山林、荒野，各處各地的超自然現象，未解之謎，街談巷語，繪聲繪影的流言蜚語，躍然紙上。但這本資料夾以靈異事件為主，不明飛行物次之，完全沒有關於妖精或精靈這類超自然生物的記載。

忽地，一張眼熟的照片閃過眼前。白理睿停下翻頁的動作，目光定睛在頁面上眾多資料中的一幀圖片上。

那是個頂級休閒度假山莊的鬧鬼事件。傳言，兩年前有名女員工因拒絕老闆兒子的追求，結果被對方襲擊性侵。不堪受辱的她在房裡自殺，從此那間度假山莊裡便傳出了鬧鬼的謠言。

白理睿的眉頭皺起。

封平瀾發現異狀，好奇關切。「怎麼了嗎？」

白理睿指向圖片，「這個是我家——」他停頓了一秒，「……是我的親戚開的飯店。」

「是喔？」封平瀾湊過頭，「真的鬧鬼嗎？」

「沒有。」白理睿篤定地說著，「這是捏造的。那個女員工因為偷竊房客的物品被開除，所以在網路上造謠詆毀……」

「你怎麼知道？」

「因為那個就是我——親戚告訴我的。」白理睿將資料遞還給封平瀾，「他們得知這消息後，循線找到散布謠言的女員工，警告她若不撤除文章並公開道歉的話，將會提告。」

他以為當初資料都已經撤下了，看來仍有漏網之魚。所有的資訊或祕密，一旦出現在網路世界，就永遠不會有根除的一天。

「這樣喔。」封平瀾看著資料，取了一張標籤紙貼上，在上面打了個叉。

好吧，至少確定這一筆是假的，他們的調查範圍又縮小了一些些……

看著厚厚的資料，封平瀾苦惱地抓了抓頭。

好像答應得太過輕率了，應該多討價還價一下。不過那樣的話，說不定又會多出其他附加條件，搞不好情況反而比現在更糟。

璁瓏看著檔案上的照片，有點羨慕地開口，「這棟房子看起來很漂亮，而且看得到海。」

他喜歡人界的海。以前來到人界，他一定會去看海，去海邊、海上、海裡到處看。海中有些生物長得和妖魔沒兩樣，有著怪奇詭麗的姿態，卻潛伏生長在暗無天日的深海中。深海就像幽界，大部分的人類對那裡一無所知。妖魔就像深海中的魚，一浮出水面就會死亡。

……但是海面上的天空、陸地上的景象，卻讓他嚮往。

墨里斯的目光，則是盯著畫面中躺在前庭吊床上慵懶曬太陽的貓。

「那間是頂級觀景 VILLA，傳出流言後訂房率降低不少。」

「你知道得挺清楚嘛。」百嘹笑著建議，「何不拜託你親戚讓你招待女孩子去住？能享受這麼漂亮的飯店，想和你約會的人應該會多到領號碼牌吧。呵呵呵……」

「那樣是開外掛的行為，違反運動家精神，也不符合紳士的品格。」白理睿否定了這個提議，「如果你們想要去的話，我可以借你們會員卡。」

「這麼好喔？」封平瀾驚喜不已，「那，我要和理睿約會嗎？是理睿的話我可以喔！但是約會之前要不要先交換日記，談談心，有基本的感情基礎？」

「我不——」

「如果約會就能去的話，那我也可以。」璁瓏打岔，「不過約會時不准和我講無聊的笑話，也不准唱難聽的自編歌曲。」

「我也可以喔。」百嘹緊接著開口，「我沒有什麼要求或禁忌，你想怎樣都行。只不過，想和我玩遊戲，也要看你是否承受得起，呵呵呵……」

「就說了我沒——」

「我也可以。」墨里斯忽地加入話題，眾人震驚。他接著約法三章，講好規矩，「不過，不准把手放到我身上或是你自己的鼠蹊部。」

「誰要啊！呸呸呸！」白理睿怒聲否認，「不用約會我也會借！再多說一句就不借了！」

璁瓏等人識相地不再多言。

「謝謝你，理睿！」封平瀾開心地要撲上前，但是被對方推開。「那，會員卡有時間限制嗎？」

「沒有，你想什麼時候去都行。」白理睿推了推眼鏡，「要借的話再跟我說就可以了。」

「理睿，你真是大好人！是理睿的話，不只約會，要我以身相許也行！」封平瀾認真地說著。

「閉嘴。」白理睿叉起桃子塞進嘴裡，含糊地低聲開口，「……這是你應得的……你才是濫好人……」

「理睿你說什麼？」

白理睿沒回答，只是繼續把桃子吃光，吃完還打了個嗝，露出不太舒服的神色。

「你怎麼最近一直在吃桃子呀。」

「該不會又在研發什麼怪異的搭訕手法吧？」璁瓏皺眉推測，「例如藉由吃桃子而散發出果香，使少女對你產生食欲，進而引發其他生理欲望？」

「那只是剩下的桃子，再不吃就會壞掉，我沒想那麼多，不過你的點子聽起來不錯。」白理睿拿出筆記本記下。

他的小美人在睡著前說想吃桃子，他便買了各種桃子食品回來，不管是水蜜桃、蟠桃、白桃、毛桃，甚至連罐頭、糖果和飲料也全是桃子口味。他準備充足，等著對方一醒來就能享用。

但是那個巴掌大的小美人還是一直睡，買來的水果、開了的罐頭放在床邊，也無法喚醒他。最後白理睿只好自己吃掉。

他想看見小美人醒來的樣子，想看小美人高興的樣子，想看那總是下垂著、彷彿隨時會流淚的雙眉因開心而變成彎月。

你到底是什麼呢？小美人……

不曉得這個世上，有沒有你的同類……

夜晚，影校。

封平瀾進了影校教室，發現海棠不在，他以為對方只是遲到。但第一堂、第二堂課過去，海棠和曇華都沒有出現。

他只注意到海棠沒來，卻沒注意到班上有幾個學生正用憤怒的眼光瞪著他，那些人是雷尼爾的同伴。

第二節課下課時，封平瀾追上殷肅霜，在走廊上詢問海棠的事。

「海棠怎麼沒來？他生病了嗎？」還是……又去找人決鬥了？

「他中午過後就回去了，被罰在家閉關反省三天。」

「為什麼？」封平瀾詫異。

「他在社團時不顧禁賽令攻擊雷尼爾，並傷了他。」

「啊？為什麼？」

「不管怎麼問他都不講理由。」殷肅霜挑眉看著封平瀾，「我還以為你會知道。」畢竟這陣子他們都混在一起，海棠甚至還搬入了那棟洋樓。

「我不知道耶，因為海棠他也不太理我，哈哈哈……」封平瀾笑著抓抓頭。手臂抬起時，殷肅霜赫然看見封平瀾的肩膀上露出一截繃帶。

他頓時了然於心，但仍不動聲色，也沒直接點出理由。

原來如此……

看來海棠那小子不像表面上那麼頑劣。雖然又蠢又難搞，但本質似乎還不算太壞。

殷肅霜看了封平瀾一眼。

但真正厲害的，是這傢伙……

是封平瀾讓海棠這個特質彰顯出來，讓他正直的一面被人看見。

他突然有點理解封平瀾這個平凡人出現在此的原因，不只是因為他的「身分」。

殷肅霜忽地轉移話題，「你的咒術和異術表現不是很理想。筆試雖然沒問題，但實作的部分經常在鬼混。」

「啊，被看出來了喔？」封平瀾不好意思地傻笑。「我還以為我演得很逼真，哈哈哈！」

殷肅霜沒好氣地哼了聲，那種三流的套招伎倆或許唬得過一般學生，但那蠢態在教師眼中根本無所遁形。

但他沒多做責備，只是伸手拍了拍封平瀾，接著，語重心長、意味深遠地開口，「加點油跟上來吧……」

未來的路，比現在更難走。赤著腳是無法走過布滿荊棘的道路的。

武術課，自由練習時間。

封平瀾獨自召出影刃，握著劍對空亂揮亂刺。

雷尼爾的同伴互看了一眼，神色不善地朝封平瀾走近。

封平瀾沒察覺異狀，但奎薩爾察覺到了。

他本想置之不理，但當雷尼爾的同伴距離封平瀾幾步之遙、正要開口叫喚時，他做出了自己很清楚事後一定會懊悔的舉動。

奎薩爾一個箭步向前，移動到封平瀾身旁，正好擋在封平瀾與雷尼爾的同伴之間。

「你的劍術不成熟……」奎薩爾沉聲說著。

封平瀾愣在原地，手握劍的方式像在趕蒼蠅，他沒料到奎薩爾會主動和他說話。

「啊？喔！嗯！」

封平瀾的反應讓奎薩爾微微斂眉，他側眼瞥了身後的人一記。對方似乎也在等待，等奎薩爾一走就找封平瀾麻煩。

奎薩爾在內心糾結了一陣，最後咬牙，壯士斷腕般地開口。「……你需要個別指導。」

封平瀾全身僵直，震驚到忘了呼吸，兩秒後才以顫抖的語氣輕聲開口，「這、這是現實嗎……」他緊握著劍，「我是不是要拿刀刺肚子一下，把自己戳醒……」

真的戳下去的話，應該永遠醒不來了。

奎薩爾很想轉身，但是已騎虎難下。

「去角落練。」他指示著，不等封平瀾說完便逕自轉身。

「等等我！」封平瀾趕緊跟上。

雷尼爾的同伴們見錯失了機會，只好敗興而歸，回到原位進行練習。

兩人來到天臺的角落，遠離了人群。

奎薩爾從影中抽出劍。

封平瀾心中忐忑不安，「接下來是——」

「對著我攻擊。」

「什麼?!」封平瀾驚愕，「可是，要是不小心傷到你的話……」

奎薩爾挑眉，「憑你的劍術，足以傷到我？」

「呃，不是啦。」該怎麼說呢？他知道奎薩爾很強，但要對著奎薩爾揮劍，感覺有點不自在……

看著猶豫不決的封平瀾，奎薩爾冷聲開口，「你想自己練習也無妨。」語畢，作勢要轉身。

「不不不！對不起我太自傲了竟然以為憑我這種肉腳能傷到奎薩爾的寒毛！老師請留步！請接受我的懺悔教我劍術！」

「安靜。」奎薩爾不耐煩地輕斥。

「是！我明白了！」封平瀾立正回應，然後握著劍，小心翼翼地開口，「那，我開始囉！」

接著，雙手握劍，笨拙地朝奎薩爾揮去。

奎薩爾輕鬆閃過，劍尖仍下垂指著地面。

「多餘的動作太多。」

「是！」

「雙臂合起，側身，在敵人面前不要露出太多身體面積。」

「是！」封平瀾乖乖照做，斜著身，握劍，然後向前突刺。

依然撲空。

「看清楚目標再動手。瞄準要害。」

「是！」封平瀾往奎薩爾的腿刺去。

「腿不是要害。如果想讓對方無法行動，你該刺的是腳踝。」

「是！」

封平瀾照著自己的方式，亂揮亂砍，沒有招式路數。奎薩爾也不直接教導劍法，而是一一指出對方既有動作中該修正的地方。

練習了一會兒，封平瀾的動作和架勢都變得比一開始靈活，揮劍姿態、移動方式已不像先前那樣，一看即知外行。

封平瀾向前戳刺、揮砍，奎薩爾一一輕鬆避開。

「劍路太呆板，多一點變化。」

「是！」封平瀾聽話地改變揮劍的動向，一個轉身，握劍的手驟然旋轉，劍鋒橫向斬劃。

奎薩爾挑眉，優雅舉劍，輕鬆地擋下這一擊。

這是他今晚練習時第一次使劍。

「啊！」金屬碰撞聲，讓封平瀾一時慌張，失了方寸，動作也跟著停頓。

「繼續，別分心。」奎薩爾提醒，同時開始出擊。

封平瀾立即回神，回應抵擋，但對方的劍總是比他快一步。好幾次劍尖在快要刺到他時，於身前五公分處停止，然後繼續下一波攻擊。

如果是在正式對戰中，他的身上早被戳了好幾個血洞。

「注意對手的劍尖動向。」

「是！」封平瀾認真地觀察著奎薩爾的劍路，但仍然慢一拍。

奎薩爾太厲害了，他怎麼可能擋得住嘛……

封平瀾一邊暗忖，一邊吃力地防禦。

奎薩爾的動作精實凝煉，有如融冰般冷冽而純粹，寒冷而通透明澈。

而且，揮劍的奎薩爾真的非常帥氣。看那游刃有餘的姿態，認真謹慎的眼神……

似乎察覺到封平瀾的胡思亂想，奎薩爾輕斥。「專心！」

「喔喔！是！」封平瀾趕緊回神，把妄想推到一邊。

不過，還是覺得很帥啊！全身都帥，握劍的手也超帥——嗯？

封平瀾注意到，奎薩爾的手腕微微一旋，側向左方。

下意識地，他舉劍往左方擋去。

「鏗！」金屬撞擊聲，再度響起。

封平瀾擋下了這一劍。

奎薩爾停止動作，眼底浮現了詫然以及些微的讚許。

「……握劍的姿勢，必須修正。」他一手伸向封平瀾，將對方握劍的手移動了些，也調整了幾根手指的位置。

封平瀾驚訝地道：「奎──」

「再叫我就離開。」

封平瀾立刻閉嘴，表示配合地用力點頭。「嗯嗯嗯！」

奎薩爾鬆開手時，封平瀾仍盯著自己的手傻笑不止。

雖然沒有出聲，但奎薩爾彷彿可以聽見對方腦海中的歡呼。

奎薩爾覺得一陣不快。

他放下劍，將劍納回影中。

「不練了嗎？」封平瀾開口。

「今天到此為止。」

到此為止。不只今日，往後也不會再有這樣的練習，這只是他一時婦人之仁的多餘之舉。

「喔。」封平瀾看了看錶，不知不覺時間已過去大半。

影刃被他握得發熱，掌中汗水濕成一片，此刻他才開始感到疲憊。

封平瀾低頭笑著跟在奎薩爾身後，準備回到主練習區。

「奎薩爾是好老師。」封平瀾像是發現新大陸般開心地說著。

奎薩爾走在前端，沒理會。

以封平瀾的程度，根本分不出好壞……他在心中不以為然。

「奎薩爾讓我自由發揮，沒叫我照著範例做，而是在對練時點出我的缺點，讓我用自己習慣的方式熟悉用劍對戰。」封平瀾得意地說著，「這是只屬於我的劍，我獨家的平瀾劍法！哈哈哈哈哈！」

奎薩爾微愕，腳步因而停頓。

他想起當年在擊劍場授業的場景。

「為什麼不讓我學你？這樣盲目地練有什麼用？」年幼的皇子在教授劍法的第一週，吐出抱怨。

「只是模仿的話，連下等的浮游妖都會。再怎麼精湛，也不是自己的東西。你得自行摸索，開創出屬於自己的劍路。」

皇子沉思幾秒，笑了笑，「說的也是。老是學你的話，永遠只能屈就在你的保護之下。」他舉劍，對著奎薩爾傲然宣告，「我會超越你的。」

奎薩爾看著年幼的皇子，對這擁有無限可能性的胚芽產生悸動。

他好奇，他期待，他想看見這擁有高度可塑性的良材，在他的陶鑄下，會成長為多麼傲世絕塵的傑作。

「我拭目以待。」他壓下內心的躍動，謙卑以應。

「……說不定我有一天會超越你喔，奎薩爾。哈哈哈！」

封平瀾的笑聲打斷了奎薩爾的回憶，他有種被人甩了巴掌的感覺。

「那是不可能的。」他惱怒地握緊拳，冷冷回應。

只是人類，只是暫時的棲所，怎能和雪勘皇子相比？

「喔，只是說說而已嘛。我也不想超越奎薩爾，我要和奎薩爾站在同一條水平線上，站在奎薩爾身邊。」封平瀾倒也不在意，自顧自地開口，「這樣才能一直看見你呀。」

封平瀾無心的話語，讓奎薩爾皺起了眉。

眼光狹隘，哪能和雪勘皇子相比。

同一條線上……

但不知為何，這句話在奎薩爾心底迴蕩許久，才緩緩沉下。

他的腦中浮現了雪勘皇子的身影。

獨當一面的皇子，走在他的前方，然後，越走越遠。

此方為深夜。向西越過海洋，陸塊彼方的朝日在地平線下蓄勢待發。

天幕被初透的光染成灰藍色。

華麗的廳堂中，徹夜歡鬧的歌舞才剛止歇，人潮方散。留下的酒瓶、殘餘的干邑、凌亂染汙的上好桌椅，靜默地透露著紙醉金迷的氣息。

宛如宮殿的樓房頂端，最上層的房間。

一大片的落地窗，廣攬著遠方的景象。視野遼闊，直望彼端，日升前光影的細微變動，日落時的霞光捲雲，一覽無遺。

房中非常空曠，沒有太多擺設。室內正中央有張巨大的椅子，由上等的綢緞、寶石、木材構築，比人還高。

椅子面對著窗，椅上的人斜倚著扶手，看著風景。

男子有張俊挺的容顏，金色眼眸和煦而冷靜，亞麻色的長髮給人溫暖的印象，整個人散發出盛世賢君般的王者之氣。

細微的聲響從後方響起。接著，一名灰色的身影出現，卑躬屈膝地匍匐在地，往座椅的方向朝拜。

男子未回首，開口詢問，「有消息了嗎？韃髓……」

他的語調平緩穩重，一如他的外貌一般，莊嚴沉穩。

「什麼都沒有，鴆慈殿下。」皸髄誠惶誠恐。

他知道他的主子不像外表那樣溫煦。應該說，正好相反……

「噢？」三皇子鴆慈淡然回應，似乎不在意，「伺目、彪猱和玖蛸都在同一個區域失蹤，原來那兒什麼也沒有……」

「但，放出去的使魔確實是沒有探測到任——」

「玖蛸說他遇到了召喚師。但會主動來找我們碴的，該是滅魔師吧。」

玖蛸在最後的回報時，提到了召喚師。玖蛸說他被許多召喚師圍剿，好不容易才瞞過敵人逃出，而且——

話語到這裡停止。

他沒繼續向下聽，切斷了與玖蛸間的契約。

一般召喚師各謀其利，不會特別來追查他們這些非經召喚來到人界的妖魔，只有滅魔師以狩獵妖魔為樂。他不確定玖蛸的脫逃是僥倖，還是滅魔師刻意縱虎歸山。

他不能讓自己冒險，於是捨棄了玖蛸。

看來，當初不該那麼魯莽，至少聽完之後再切斷連結。

「如果遇到滅魔師，那應該是……」凶多吉少了。

「那彪猱和伺目呢？他們帶了兩隊人馬，就這樣消失無蹤。」平順的眉頭微微皺起，

「是去哪了呢？」

鞁髓咽了口口水，膽戰心驚地說出推測，「會不會是……背叛了？」

「叛逃？有這個可能嗎？」金色的眼眸閃過一絲殘戾。

下人叛逃，丟臉的不是叛逃者，而是主子。

鞁髓不敢抬頭，在心裡惱恨自己的失言。

鳺慈緩緩回首，盯著跪在地上的鞁髓。

「那你呢？你會背叛我嗎？」

「不、當然不會！皇子殿下！當然不會！」

「噢。」三皇子點點頭，轉過身繼續看著風景，悠悠開口，「不過，主子的交代沒盡力完成，也是種背叛……」

跪趴在地上的鞁髓心頭一顫。

下一刻，他的左手手指自己一根一根地往反方向彎折。

鞁髓痛得流出眼淚，但他咬住嘴唇，不敢發出聲。出聲的下場會更慘。

「你盡力了嗎，鞁髓？」質問聲再度傳來。

「我會盡力的！我會竭盡所能地服侍鳺慈皇子！直到生命終止！」鞁髓忍著痛，吶喊著效忠的言辭。

「我相信你會的。」因為失敗了，就是生命終止之時。「去吧。」

韃髓叩頭，接著消失。

金色的眼眸看著窗外，日頭漸升，雲彩的顏色由近而遠，呈現灰藍到金黃的漸層。

他笑彎了眼。

晚間的留校掃除，海棠因為被罰在家禁閉所以無法到場。所有人都知道了他在社團做的事，所以對他的缺席沒多說什麼。

只有一個人完全狀況外，百思不解地推測海棠闖禍的動機。

「海棠到底怎麼啦？為什麼要去挑釁雷尼爾？」封平瀾一邊掃著地，一邊嘀咕。「雷尼爾很強嗎？海棠想和他一分高下？」

眾人看著封平瀾，無言以對。

「你啊……」柳浥晨沒好氣地開口，「白目的程度也是榜首啊。」

封平瀾一頭霧水，「啊？什麼意思？」

沒人回答他。

Chapter6

朋友就像烤肉，有些外面已經焦了，但裡面還流著血；有些看起來是生的但不用烤就能吃；有些是吃的當下很愉悅，但之後會讓菊花經歷錐心刺骨的痛

封平瀾回到洋樓，經過海棠的房間時，看見門縫底下有光透出。

他敲了敲門。「海棠？」

沒有回應，封平瀾把臉貼在門上聆聽。

他聽見滋滋的聲響，並且聞到些許煙味。

糟了！該不會是被罰禁閉打擊太大悲憤過度因而產生厭世之心所以在房間裡面燒炭自殺吧！

「不──海棠！你這傻瓜！」封平瀾連忙後退兩步，然後用力往門板撞去。但門撞不開，於是他召出影刃，朝著門板用力揮砍而下。

就在劍尖揮下的那一刻，門扉忽地向後開啟。

「搞什──」不悅的嗓音伴隨著人出現在門後。

海棠一開門就看見銳利鋒刃迎面而來，不由錯愕，但多年來的訓練讓他的身體率先有反應，在劍刃斬落時，千鈞一髮地向後躍退，避開攻擊。

海棠瞪著封平瀾，封平瀾握劍回看著他，眨了眨眼，咧嘴一笑。

「喔，晚安，你沒事真是太好了！」

「你幹什麼！」海棠暴怒，「想殺了我嗎？看來你比我想像中來得帶種！假裝好心把我引入屋裡，結果是想趁機殺人滅口！」

海棠憤怒，並不是因為封平瀾暗算他，而是氣自己。

他竟然因為封平瀾的舉動感到受傷……

「噢，你誤會了啦！」封平瀾笑著揮了揮手，收起劍，「我以為你在房間裡燒炭，所以想來救你啦！真的要暗算你的話，哪會先敲門提醒呀，哈哈！」

海棠瞠目。

這是什麼爛理由？

更爛的是，他的心情竟然因而好了些！去他的混帳！

「你這白痴！」海棠用力揮拳，搥了牆壁一記。

「喂！樓上的安靜點！」墨里斯的抗議聲從樓梯間傳來。

封平瀾抓了抓頭，不好意思地賠不是，「抱歉抱歉，我太衝動了，因為我擔心你出了什麼事，嘿嘿嘿……」

封平瀾單純的慰問，讓海棠的心一陣複雜，溫暖中帶著點酸澀。

為什麼要這麼關心他？他是死是活對封平瀾又沒有任何影響。說難聽點，或許他死了反而能讓不少人鬆口氣。

「你……」

海棠正要開口，見封平瀾逕自探頭往房裡看去，還問道：「對了，你到底在房裡做什麼呀？」

如果不是在燒炭，那煙味從何而來？

啊！

「你在房間裡烤肉?!」封平瀾瞪大了眼。

角落放著一臺萬用電磁爐，爐上放著烤盤，上面躺著一片片的肉和菜，旁邊的盤子上放著已烤好的食物。而烤盤上的肉片因為封平瀾的打擾而烤得過久，變得焦黑乾癟。

自己的隱私被發現了，海棠有些惱怒羞憤。

「你竟然在房間裡烤肉？」第二度質問聲響起。

海棠皺眉，直覺以為自己會受到責備，便防禦性地為自己辯解。

「干你什麼事！我被罰禁閉不能離開房子，你如果有意見的話就——」

「你在房間裡烤肉竟然不揪我！」封平瀾搖了搖頭，擅自進房，「這樣不夠意思喔，海棠。」

海棠微愣。「你——」

「曇華呢？」封平瀾張望了一下。

海棠遲疑了片刻，低聲回答，「……去買沾醬……」

「你也太會享受了吧！」封平瀾驚嘆，接著走向烤盤，深深地吸了口氣，「好香喔！

這是你自己煎的嗎？」他指著堆疊在小瓷碗裡的肉片，嘖嘖稱奇。

海棠本想斥責，但看著封平瀾新奇的眼神，他不由收回怒罵。

「嗯……」

「太厲害了！」封平瀾盯著肉，咽了口口水，接著楚楚可憐地回眸乞求，「可以分我吃嗎？」上了一整天的課，還得留校打掃，他現在超餓的！

海棠看著封平瀾，本想罵對方一頓，但看見對方盯著肉片的眼神，便自覺無趣地放棄。

「……隨你……」這人不能用常理溝通。罵他的話，只會越扯越遠，越難搞定。

「那我就不客氣啦！」封平瀾直接伸出兩指捏起肉，仰頭將肉送入嘴裡，「噢噢怎麼這麼好吃！這豬肉超鮮嫩的！小豬豬真是死得其所！」

海棠盯著喜孜孜地把肉片接連放入嘴中的封平瀾，眉頭皺起。

這人為什麼能如此無賴，如此煩人，如此沒常識……

他困惑，他從沒看過這樣的召喚師。

他更困惑的是，自己在面對這屢屢冒犯他的傻子時，竟然……

並不怎麼厭惡。

發現海棠正盯著自己，封平瀾停下抓食的動作。

「海棠啊……」封平瀾舔了舔指頭，露齒一笑，「你這個人挺不賴的嘛！」

海棠微微恍神。

……沒人對他說過這樣的話。

「對了，你為什麼要找雷尼爾決鬥？」封平瀾忽地丟出了個下文不接上語的問句。

海棠一時無法反應。「什麼？」怎麼突然扯到雷尼爾？

「是因為他很強，所以你看上他了嗎？」

「啊？」這人又在胡扯些什麼！

「你想把他的契妖收入你手裡對吧？就像當初你一直纏著我、要和我決鬥那樣？」

「我不──」

封平瀾不給海棠插話的時機，自顧自地哀怨，「海棠，你這個始亂終棄的男人。我對你而言，就像是那塊烤焦的肉一樣，只能被拋棄嗎？話說為什麼只有肉沒有蔬菜？這樣很容易便祕──」

「閉嘴！」海棠大吼，「我會找雷尼爾戰鬥，是因為他在武術課上傷了你！」

「……呃，那不是意外嗎？」

「不是，他是故意的！因為我之前在社團讓他難堪，所以他把怨氣發洩到你身上，藉故報復！他以為你是我朋友──」

「真的？看起來那麼像嗎？」封平瀾顯然非常開心，「我是海棠的朋友嗎？」

「那不是重點！」海棠迴避了這個問題，「總之，他因為我的緣故傷了你，這筆帳我已奉還回去，我們互不相欠！」

「噢。」封平瀾總算明白中午時海棠那句「我們不相欠了」是什麼意思。他沒想到背後有這麼複雜的緣由。

封平瀾抓了抓頭。

「我覺得你沒欠我什麼……」雷尼爾的事，他不認為該怪罪到海棠頭上。「還有，謝謝你為我做的，不過下次還是和我說一下好了。有人為了我決鬥，我卻置身事外，好像不太好，哈哈！」

雖然手段有點激烈，但他可以理解。

近乎笨拙的回報方式，但正因如此，所以更令人珍惜。

海棠沒料到封平瀾會向他道謝，急著反駁辯解。「才不是為了你！我只是——」

只是什麼？他自己也不知道。

「我知道我知道。」封平瀾笑著緩和情緒，「海棠是個正直的老實人。但老是橫衝直撞的，會讓人擔心呀。」

海棠盯著封平瀾，片刻，以嘲諷的語氣開口。

「你總是這樣隨意地對別人付出關心嗎？關心比你糟糕的人讓你感覺很好？」

這樣的同情，他更不要！

「才不呢，我只關心我在意的人。」封平瀾繼續進攻肉片，甚至擅自放了三片生肉到烤盤上。「海棠不一樣。」

「有什麼不一樣？」

封平瀾漫不經心地把肉片排列整齊，一邊回應。

「我覺得海棠好像費盡全力地在反抗這個世界，用盡全力在世間的常理規範中逆向而行。不在乎謾罵與責備，也不在乎懲罰或受傷……」封平瀾停頓了好一陣子，「其實只為了得到關注和肯定。」

話語輕輕落下，卻狠狠地搖撼了海棠的心。

許久以前被壓抑著的傷口在吶喊著它的存在。

看他一眼。

他在這裡！拜託，看他一眼……

他一意孤行、叛逆顛覆，因為他不想和其他人一樣。他不只是工具，他想被看見。撇開咒術、異能和契妖，他期望真正的、最純粹的自己能被關注……

但他發現，沒有了那些，他什麼也不是。

既然他的存在只能被利用，那他就繼續走這條路！就算被當成器具使用，他不會讓利用他的人好過！他一點也不在意！

「少自以為是！」被踩到痛處，海棠怒吼，「誰和你這種養尊處優、虛偽做作的乖小孩一樣？不要一副你什麼都懂的模樣！」

「海棠才不懂吧。」封平瀾小聲地回了句。

「什麼？」

「逆向而行久了也會累啊……」

特別是沒有任何人在意、沒有任何人注意到的時候。就像是對空揮拳一樣，可笑又空虛。

封平瀾悠悠地自言自語，繼續放著肉，整個烤盤都被肉鋪滿，彷彿一層紅色的地毯。

那一瞬間，海棠覺得自己似乎看到封平瀾不一樣的一面……

「你在唸唸有詞什麼東西？」海棠斥聲，揮開那異樣的感覺。

「總之，」封平瀾笑著抬起頭，和平常一樣開朗地說道，「我很佩服海棠呢，哈哈哈哈哈！肉什麼時候會熟呀？可以把火開大一點嗎？那一片是不是熟了？我可以吃了嗎？」夾起肉，打算放到碗裡。

海棠立即喝止，「那還是半生的！一次不要烤這麼多！」走向前，搶過夾子，「你吃太多了！不准再吃我的肉！」

「我哪有吃你的肉，我是吃豬的肉。」

「你——你給我出去！」

話題被扯開，兩個人相當有默契地不再繼續原本的話語。

「海棠少爺？平瀾少爺？」回到房中的曇華看見吵鬧的兩人，驚訝不已，「發生什麼事了？」

「曇華！妳家少爺只吃肉不吃蔬菜肛門會裂開！」

「你閉嘴！」

「確實這樣，」曇華苦惱撫頰，「少爺很挑食，特別討厭青椒和青豆，吃炒飯前都得幫他一粒粒挑出——」

「曇華！不要多事！」

「海棠便祕的話，我有很強效的藥可以給你吃喔！」

「不需要！滾出去！」

「樓上的安靜！」墨里斯忍無可忍的怒吼聲從樓下傳來。

今夜，洋樓吵鬧不堪。

這是過去習慣了孤獨的他們，未曾有過的體驗。

每個人都是。

城市邊境的角落。

一隻使魔飛往無人的巷弄。接著，身形開始膨脹扭曲，片刻轉變成人形，乾癟的灰色肌膚包裹著乾瘦的人影，有如秋末的枯枝。

定形之後，鞁髓重重地喘了口氣，手扶著牆，按捺著因長程移動而造成的不適。

穿越了陸地與海洋，他很少進行這麼遠的「縮距移形」。因為距離越遠、越消耗體力，而且他又事先布下了大量使魔在此，分散了元神。這趟行程，是有如玩命一般的行為。

他想啟步，卻發現全身都在顫抖，無法行動，看來遠程移動對他的傷害比想像中來得嚴重。

被三皇子折斷的指頭隱隱作痛，像是在提醒他失敗的下場。

不行，這樣會死，要是真的查到了什麼，連逃命的力氣都沒有……

鞁髓背靠著牆坐下。他閉上眼，呼喚自己的分身，那些從他身體分化而出的蟲子們。

遍布在各地的使魔受到呼召，紛紛離開巡視的領域，折返本體。

使魔歸回原身，鞁髓回復了大半體力。

他動了動自己的手指，雖然感覺好多了，但手腳仍舊微微發顫。

還差一點，再休息一下，天明之後行動。

得快點找出問題……不管是什麼蛛絲馬跡，全都翻遍！

如果真的有滅魔師呢？如果滅魔師還留在這城鎮呢？

�不敢去想。比起滅魔師，他更擔心一無所獲。

如果讓三皇子不悅的話……他打了個寒顫。

晨曦劃破天空，曙色將靛青色的夜幕染成鵝黃。接著幽暗退去，湛亮的日光遍灑，天幕轉為澄澈的青蒼。

鞁髓深吸了一口氣，灰如枯葉的肌膚裂開，有如鱗片般落下，落地前瞬間化為蟲的形體，在著地前振翅飛翔。

沒多久，枯瘦的人影消失，鞁髓的全身被分化拆解成一隻隻咒蟲。

沒有保留元體，而分散成低階的使魔，防禦力和戰鬥力都極低。一旦使魔全部被除滅，他也難逃一死。

他不想步上玖蛸的後塵，但不這麼做的話，他現在立即就會死……

千萬不能得罪三皇子……

大家都知道，在皇權爭奪戰中，三皇子是如何對待信任他、視他如父親的雪勘。

溫和慈善的容顏只是假象，看不出任何想法和情緒。大家只知道，三皇子不管笑或不笑，都會有人遭殃。

三皇子鴆慈比任何暴君都更令人害怕。

超自研的檔案簿攤在桌面，歷史課本立在桌前。立著的課本記錄死者生前的豐功偉業，攤著的簿本記錄死者歿後的騷亂作祟。兩者都參雜著事實與謠言，沒人知道真假是非。

封平瀾撐著頭，打了個呵欠。他昨晚已經翻完整本資料，歸納出可行的地點，然後上網查了資料。

不過，一無所獲。這些案件仍疑點重重，讓人看不出哪些有可能是妖魔所為。

不曉得其他人有沒有不同的發現。

他苦惱地抓了抓頭，突然想到一個問題，忍不住驚呼出聲。「啊！」

臺上的殷肅霜瞪了封平瀾一眼。他趕緊用力咳嗽，假裝不適。

封平瀾盯著檔案，苦惱地撐著頭。

如果這些案件全都只是謠言的話，那該怎麼辦？

啊呀呀，這下糗了……

「怎麼了？」蘇麗綰小聲詢問。

「入社測驗可能有些小問題。」

「很嚴重嗎？」

「好像是喔，哈哈哈。」封平瀾笑著抓了抓頭。

殷肅霜的凶狠目光再度射來。封平瀾趕緊用力咳嗽，繼續裝不適。

殷肅霜轉頭之後，蘇麗綰擔憂地開口，「那……怎麼辦？」

「嗯……」封平瀾雙手環胸，蹙眉凝視著檔案夾片刻，接著呼了口氣，「沒關係啦，我相信一定會有辦法的。」這條路走不通，他們可以換個方向走。

「你怎麼能這麼樂觀？」蘇麗綰看著無所掛慮的封平瀾，為對方感到擔憂不安。

「要擔心的話，等到確定走投無路時再懊惱也不遲。」

變更路線的契機和轉折，他還沒有頭緒。只要一點點提示、一點點靈感，他一定能想到！

學園旁的商圈，一間陳舊的咖啡廳裡，一對男女坐在角落。男的在閱讀一本厚重的書，女的在畫本上悠閒地塗鴉著色。

但仔細看就會發現，男子手中書籍的字體正扭曲變動，組合成不同的章句，編寫著高階咒語；女子畫本上的圖，是繁複而精細的符文法陣，每畫完一個，圖片就會消失。

他們正維持著結界及驅趕使魔的咒語。偽裝成客人，在自己人開的咖啡廳裡，鎮守著學園與城鎮。

歌蜜的動作停下，畫到一半的法陣消失，浮現出另一個陣圖。

「有狀況。」

陣圖上原本四散的點暴增，覆蓋在陣上，有如被霉斑侵蝕。

「使魔數量變多了。」歌蜜皺眉，「是原本的兩倍，而且還在增加。」

「難道妖主察覺有異，親來探勘攻伐？」葉珥德詢問。

「……不，使魔的數量雖然變多，但仍分散在城鎮裡。」歌蜜托腮，嘟起朱唇輕嘆了聲，「真麻煩，好好的上班時間卻得和這種沒情調的人約會，現在又要加班，和瑟諾同行都比較有意思。」

「恕難苟同。」葉珥德闔起書本，「此言過於武斷，在下並非不解風情之人。此外，此行乃執行公務，非幽會也。」

「知道啦。」歌蜜放下筆，「走吧，回去加強學園本身的防禦。使魔數量太多，不集中火力的話，絕對會被找到漏洞。」

她從背袋裡拿出一個木盒，從中挑出一顆印章，印面上沒有任何圖案。接著，往紙上一蓋。

遍布在整個城鎮裡，印在各處燈柱、建築、電線桿、變電箱、郵筒上的紋樣，瞬間撤除，收返。

當印章放回木盒時，印面上多出了繁瑣的陣圖。

「先守學園，其他地方只能暫時撤除了。」

影校的學生大多住校，住在城裡的不多。而且根據校規不能在校外施咒，因此不致引起使魔注意。

至於那幾個比較麻煩的問題人物……住在洋樓裡的那群傢伙目前都在學校，影校放學之前不能離開，所以也在學校的庇護之下，不會有問題。

看這使魔的範圍和數量，妖主似乎豁出全力了，這樣的狀態不可能撐太久，說不定在入夜之後就會離開。

只要沒有意外……

海棠一個人坐在窗邊，無聊地看著屋外的景色。

日光非常刺眼，他覺得很熱，但是屋裡的活體空調冬犽不在，他只能開窗，吹著那疲弱不振的微風。

他看了看牆上的鐘，現在是第四堂課，再過不久就是午休。

腦中不自覺地浮現出每天中午時會看到的景象。

他經常看見封平瀾、契妖們、還有一個普通學生一起去食堂吃飯。每次經過他的班級前，他就會聽見喧譁打鬧聲。

明明是召喚師和契妖，為什麼會那樣相處？為什麼連普通人都能加入其中？

為什麼可以那麼開心……

腦海中的影像隨著心思而變動，封平瀾一行人之中，多了一個人影。

多了他，海棠。

一隻蟲子飛來停在窗上，打斷了海棠的思緒。海棠的目光射向窗戶，眼神一凜。

是使魔……

他不動聲色地用眼角餘光盯著蟲子，手緩緩移至口袋，握住了隨時備著防身用的符紙，一旦對方有所行動，他就發動攻擊。

使魔在玻璃上爬行，骷髏的面容不斷地往屋裡打探，接著移向窗口，打算飛入屋中巡邏。

然而，在蟲子通過窗櫺的瞬間，一道細小的火花閃動，整隻咒蟲爆裂燃燒，短短不到一秒的時間就被焚淨，連灰燼也不留。

海棠愣愣，那是怎麼回事？

他轉頭望向窗戶，不遠處，另一隻使魔正往窗戶飛來。

「曇華！」海棠喊叫。

結界裡的曇華聽見主子叫喚，立即現身。

「那是什麼東西?!」他指了指停棲在窗上的使魔。

曇華望向窗戶，臉色一變，「那是鞁髓，三皇子的手下！」

「剛剛有一隻飛進來，立刻就被燒燬，是妳做的嗎？對方說不定只是來偵查，妳卻將牠殺滅，到時引來本體，會更加棘手！」

「什麼？」曇華困惑，「我聽不懂您的意思——」

第二隻咒蟲飛入，一樣在跨入時被無形的結界給擊斃。

曇華愣愣，「這不是我下的，應該是本來就存在於此的結界……」

這麼強大的結界就附著在屋子上，她卻完全沒察覺到……能設下這種結界的召喚師，絕非等閒之輩。

是封平瀾設下的嗎？

曇華無暇多想，因為她看見遠方天際出現了一朵烏雲，以驚人的速度往洋樓的位置移動，那是數以千計的使魔聚集在一起形成的陰影。

曇華立即推上窗，拉上窗簾。

「那是怎麼回事？」

「我想，那應該是衝著平瀾少爺他們來的……」她聽冬犽說過，他們為了躲避三皇子逃到人界，而且還在尋找雪勘皇子。

海棠皺眉，他想到玖蛸在拷問他時，一直提到三皇子和奎薩爾等人。

奎薩爾所服侍的皇子，似乎是三皇子欲除之而後快的眼中釘。

但他們不是已經和封平瀾締約了？不管過去曾經是什麼樣的角色，成為召喚師的手下後，和幽界的關聯就此斷除。就如曇華。

為什麼封平瀾的契妖還與幽界有所牽扯？他以為玖蛸事件後，協會已出手處理了，但似乎沒有。

封平瀾，你到底隱藏了什麼祕密？

海棠皺起眉，「這麼多使魔，學園的存在不是會被發現？」

「影校有召喚師群的守護，那裡的防禦和驅避咒語滴水不漏，不會有問題，留在學校裡非常安全。」曇華停頓了一下，「但放學的話……」

「不能讓他們回來！」海棠咬牙。

他見識過玖蛸的能耐，那時玖蛸為了從他口中逼問出消息，所以下手並不是很重，但已讓他吃盡苦頭。

要是三皇子的人馬確定奎薩爾他們的存在，派出了所有精銳呢？面對那樣的圍攻，他們有辦法抵擋？

海棠咬著下唇，陷入苦思。

他得通知封平瀾。但，該怎麼通知呢？用咒語傳訊一定會被追蹤。

看著放在桌面的手機，海棠眉頭皺得更深。

他不曉得封平瀾的電話……封平瀾之前硬是要交換手機號碼，但被他一口回絕。他突然想回到過去揍自己兩拳。

現在只有一個辦法。

雖然這樣的做法非常遜、非常丟臉，但他沒有其他選擇。

算了！他拿起手機，翻找著通話紀錄上那組沒被儲存的號碼，然後按下通話鍵。

站在一旁的曇華不可置信地眨了眨眼。

她沒看過這樣的海棠，為別人擔心的海棠。

「嗶嗶——」細小的電子音伴隨著震動聲響，在教室內迴盪。

臺下的學生互看了一眼，不曉得是哪個天兵，竟敢在班導的課上放任手機響起。

殷肅霜眉頭深鎖，並未停止講課，只是緩緩將手伸入口袋，接著聲音停止。

原來是班導的手機啊……臺下的學生非常識相地閉嘴。

「嗶嗶——」聲音再度響起。

殷肅霜略感詫異，語句稍稍停頓了一下。

認識他的人都知道，工作時他拒接任何電話，打來就要有被罵的心理準備。

他一樣看也不看地直接伸手將電話掛掉，但兩秒後再度響起。來電者不是非常焦急，就是非常白目。

底下的學生雖好奇，但是沒人敢問，只能偷偷期待有哪位勇者冒死開口，為大家解惑。

「班導，你不接嗎？」封平瀾舉手發問，「說不定是女友打來的？打這麼勤一定有急事，不接的話搞不好會分手喔，哈哈哈！」

勇者出現了！

「班導有女朋友嗎？」

大家實在無法想像陰沉病氣的殷肅霜會和什麼樣的人交往。

「會不會是在路上撿到紅包袋之後認識的……」

底下的學生開始騷動。

殷肅霜重咳了一聲，「安靜。」他不耐煩地抽出手機，看了上面的來電顯示，眼中掠過詫異的神色。

他沉默了片刻，決定接聽，「我接個電話——保持安靜，不要讓我聽見任何吵雜。」語帶威脅地交代完之後，走出教室。

電話接通後，對方遲疑了幾秒才開口，「我是海棠……」

「我知道。」他記下了所有學生的號碼，包括日校和影校的學生。而海棠是被歸類在問題人物區裡的聯絡人。

「我這裡……封平瀾他家，情況不太妙。」海棠概述方才遇到的情況。

殷肅霜的表情轉為凝重。

使魔的數量變多，是因為對方察覺到什麼了嗎？但學園這裡沒有異狀，歌蜜和葉珥德也沒發出警報。

「我了解了，你先待在屋子裡，我馬上呈報上級。」

殷肅霜打算掛掉電話時，海棠連忙出聲阻止。「等等——」

「還有什麼事？」

電話彼端沉默了片刻，「……幫我轉告封平瀾，叫他注意……」

殷肅霜挑眉，「你為什麼不直接打給他？」

「我沒有他的電話。」

還真是個好理由。殷肅霜在心底輕笑。

「你們都同居了，卻不知道對方電話？」

「不是同居！我只是暫時借住！」

殷肅霜彷彿想像得出海棠此時惱羞的表情。

「我知道了。」

殷肅霜切斷通訊，快速地傳訊息給同事後，便回到班級裡繼續上課。

雖然大家對方才那通電話感到好奇，但是沒人敢多問，只期待勇者再度現身——

「班導，是誰打來的呀？」封平瀾賊賊一笑，豎起小指，「是女朋友喔？這麼熱情，該不會是打來提醒晚上有約會，今夜不讓你回家睡？」

「閉嘴。」殷肅霜冷冷地瞪了封平瀾一眼，「回不了家的是你。」

「啊？」

「下課後到辦公室找我。」殷肅霜沉著臉下令，接著望向百嘹等人，「你們幾個也是！」

璁瓏和墨里斯同時瞪向封平瀾。這個笨蛋……

中午時分，一行人跟在殷肅霜身後來到導師辦公室。在辦公室外的走廊上，瑟諾、歌蜜、葉珥德迎面而來。

「都到齊了？」

「還差一個。」

殷肅霜話語未落，走廊上的陰影處，走出一名修長的黑色人影。

「奎薩爾！」封平瀾叫了一聲。

奎薩爾沒有理會，連個眼神也不肯給。

「現在是怎麼回事？」璁瓏不解。

「呃，我沒想到上課開老師玩笑會這麼嚴重……」封平瀾尷尬地抓了抓頭。「班導，對不起，我不該開師母的玩笑……呃，還是說其實不是師母而是師丈，所以你才那麼不爽？」

「並不是因為那件事。」

進了辦公室後，殷肅霜直接切入主題。「從前幾天開始，這種蟲子出現在城裡。」他拿出封印使魔的罐子，璁瓏等人一眼就認出那是軛髓的分身。「歌蜜和葉珥德布下誘導結界，讓使魔避開鎮上的某些特定地點，包括學園，還有你們住的洋樓。」

契妖們的表情放鬆了一些。

不過，影校的召喚師主動出手攔阻使魔，讓他們產生些許不悅。

美其名是保護，但這是他們與三皇子之間的恩怨，召喚師憑什麼直接插手干涉？簡直像是把他們當成所有物「保管」著……

「今天早上使魔的數量暴增，我們不得不撤回，把防禦和咒語集中在學園。」

歌蜜接著開口，「目前整個學園都被高階的驅避和隱匿結界鎮守，低階使魔絕不可能察覺破綻。不過，你們家就不在防守範圍之內了。」

「反正我們不在屋子裡。」墨里斯不在意地開口，「就算進去巡視也查不到什麼。」

「可是海棠在屋子裡啊！」封平瀾立即想起在家禁閉的海棠。

「三皇子要找的人又不是他。」

「海棠目前沒事。不過，屋子裡的結界引起使魔的注意了。」

「啊？結界？」

「大概是那疑心病重的傢伙自己設的吧？」璁瓏推測。

「似乎不是他設的，但那目前不是重點。總之，使魔們現在全都飛往洋樓進行監視，瑟諾剛才去巡視過了，情況不太妙。」

「屋子的周遭，樹上、電線桿、圍牆上都有使魔，沒有直接棲停在屋子上。」瑟諾抓了抓下巴的鬍髭，「我的機車好像還壓死了一隻……」

蟲子沒有靠近洋樓，一方面是畏懼結界，另一方面是為了避免打草驚蛇。使魔在進入屋子的那一刻就被粉碎，所以並不知屋裡的人已經注意到牠們。

「託諸位的福，城裡九成的使魔已移駕到府上，讓吾輩的工作輕省了不少。」葉珥德客套地開口致謝。

「所以……現在要怎麼辦？」

「使魔的注意力在洋樓，學園裡又有完善的防衛機制，在危機解除前，你們可以留在學園裡接受庇護。」

「然後呢？一直躲著？龜縮到畹髓離開？」墨里斯不予苟同。這麼窩囊的事，他可不幹！

「就算想躲也不可能一直躲下去。總之，關於使魔和皇族的事，我們會想辦法處理。在此之前你們就暫時留在學園，等候指示——」

「你們處理？」冬犽不自覺地揚聲。

「雖然很感謝你們的心意。」百嘹笑著開口，「但我們什麼時候變成你們的下屬，得聽從你們的命令和指揮？」

「哎呀，這麼難纏又煩人的下屬，送我我也不想要呢。」歌蜜嬌笑，「不過，難纏的情人倒是可以接受……」

「在事態明朗以前，全部由校方召喚師處理，你們沒有選擇的餘地。」

一直沉默的奎薩爾凜聲低語，「三皇子的事，我們自己解決。與召喚師無關……」

「你們想去送死沒人阻攔，但別拖累學園。」殷肅霜冷聲回斥，「你以為我們想和你們處在同一條船上？若在此處挑起紛戰，將會對影校的存在、甚至整個協會造成威脅！說不定到時候連不從者也來趁火打劫，藉機報復！」

「噢，怪我們囉？那是你們自己的問題吧。」百寮一點也不在意地笑著反問，「況且，在收編我們之前，就應該要有這樣的心理準備了呀。呵呵呵……」

「收留你們是理事長的意思，我只是服從。」殷肅霜冷聲回應，「不過，他要我們收留你們，沒要求我們得喜歡你們，更沒有限制我們『挽留』各位的手段……」

言下之意，動武是被核可的。

「你以為我們在乎？」

殷肅霜和同伴互看了一眼，眼中傳遞著無奈卻篤定的訊息。

談判失敗。

「很好……看來是拆夥的時刻了。」

兩方人馬摩拳擦掌，場面一觸即發。歌蜜拿出一顆印章，朝牆上一蓋，辦公室的空間被拉長拉大，並且被封鎖隔離在堅固的結界裡。

「等一下！」封平瀾忽地插入對峙的兩方人馬中。「這樣不對吧？」

「你有什麼意見？」

「這裡輪不到你插嘴！」

「那個，現在還是上課時間耶。」封平瀾傻愣愣地開口，「我們今天是值日生，等一下還要去倒垃圾，這樣就開打，可以嗎？」

「啊？」眾人挑眉，彷彿封平瀾講的是外星語。

「而且，學生襲擊師長，師長毆打學生……」封平瀾抓了抓頭，「這樣不太對吧？感覺會登上水果日報頭條，還附上模擬動畫……」

「誰還管什麼上課！」墨里斯回吼。

「我們又還沒有明確違規。」封平瀾低聲為契妖抗辯，「剛剛說的那些都只是預設的發展吧？現在還沒放學，大家還沒回到洋樓，也還沒有被軼髓發現。什麼事都還沒發生就起衝突，感覺有點……嗯……」

「殷老師，您是否曾對封平瀾施予體罰，以鈍器重擊他的頭部？」葉珥德以譴責的目光質問殷肅霜。

殷肅霜沉默不語，盯著封平瀾。片刻，沉著地開口。

「他說得對，我們現在的身分是師生，而且事情還沒發生。」

「但絕對會往那方向發展嘛，所以才得防患未然呀！」歌蜜反駁。

「不一定啦，老師，在事情真正發生以前，總會有轉圜機會喔！」封平瀾樂觀地說著。

「天真與無知只有一線之隔……」葉珥德搖頭。

「所以老師是哪一種呢？」封平瀾笑著反問。

葉珥德微愣，思索封平瀾這話是出於無心還是諷刺……

殷肅霜看向窗外，低語，「此時此刻要是起爭鬥的話，雙方都有麻煩。不用多久，中央協會的人就會立即過來關切。」

這不是理事長樂見的發展。

他們的所做所為，都是背著協會暗中進行的。雖然動機出於善意，但是清算時，協會未必會買帳……

「真可憐，這就是家犬的悲哀。」百嘹笑道。

「不只我們會被處分，你們也會有麻煩，我想各位都很清楚。」

六妖之所以願意乖乖配合影校，主因就是影校能讓他們不被協會盯上，導致腹背受敵。

「所以……現在決定如何？」瑟諾懶懶地打個呵欠，「還要打嗎？不打的話我可以回去休息了嗎？」

歌蜜搖搖頭，嫌惡地嘖了聲。

殷肅霜沉默片刻，嘆氣。「回班上去。」

「什麼？」

「回去，繼續上課。你們現在還是我的『學生』，而且也還未做出違規的行為，我們無法直接處分……」

契妖們微愣，是該嘲笑對方迂腐不知變通？還是該尊敬對方的耿直？

不管怎樣，眼前衝突似乎稍稍化解了。在他們正式違反命令、返回住所之前，召喚師也拿他們沒轍。現在校內到處是人，引發混亂的話，會為之後的行動帶來不便。

況且……他們發現影校的這些老師似乎也不希望引起協會關注，雖然他們不明白理由是什麼。

整體情勢似乎對他們有利，雖然手上的銅環有點惱人，但不足以成為攔阻行動的門檻。

「無所謂，大不了再等幾個小時。」百嘹笑著開口，「反正放學後就不用再演這場戲了，是吧？呵呵呵……」說著轉身準備離去。

「別輕舉妄動。」殷肅霜警告。「不只是為了我們，也是為了你自己……」

百嘹轉頭，揚起挑釁的燦笑。

「有本事的話，就來阻止我們呀，老師。」

封平瀾跟在契妖們身後退出辦公室。

「那個──」封平瀾才剛開口就被墨里斯打斷。

「你要是想勸退的話就閉嘴。」

「喔，沒有啦，我只是想說，今天輪到墨里斯倒廚餘。」

墨里斯皺眉，不悅地斥聲，「都要開戰了，誰在意那些……」

「噢，可是我已經幫你倒了兩次。」封平瀾苦惱地抓了抓頭。

「你挺看得開的嘛。」百喙好奇地看著封平瀾，「剛才的衝突，你沒有意見?」

「也不是沒意見啦……」

「說，你是站在哪一邊的?」璁瓏盯著封平瀾，氣勢洶洶地逼問。

「呃，我覺得兩邊都沒錯，各有各的理由和考量，所以很難說誰對誰錯……」封平瀾抓抓額頭，乾笑了兩聲，「而且，最無關緊要的外人就是我呀，我有什麼資格下論斷呢?」

他不是召喚師，和妖魔訂立的契約也不具任何約束效力；雖然加入了影校，但他什麼也不會。他什麼都不是，只是個陰錯陽差被牽扯進這個世界的普通人，隨時都會被踢回原本的世界裡。

他不知道該說什麼，他只想和大家安穩歡樂地繼續生活，直到他們找到雪勘皇子為止。這樣的他，有什麼立場發表判論指正任何一方呢?

契妖們沒料到封平瀾會這樣回答，一時間有點錯愕。

確實，封平瀾只是個傀儡般的存在，沒有任何干涉權，他們一直知道這點。但是……不知為何，聽見封平瀾自己說出那樣的話，竟讓他們感覺不太好受。

「你想那麼多幹嘛?直接說站在我們這邊就好了。」璁瓏嘟囔著。

「璁瓏的獨占欲真強，這麼擔心我被人搶走嗎?」

「閉嘴啦白痴!」

封平瀾笑著繼續自己的腳步，他偷偷望向奎薩爾。

對方沒有任何表情，就和往常一樣，淡漠看不出情緒。

「海棠一個人在家沒問題吧……」封平瀾低喃。

「誰管他啊！」墨里斯沒好氣地哼聲，「只能怪他自己倒楣了。」

「有曇華在，他不會有事的。」冬犽柔聲安撫。

「噢。」封平瀾點點頭，繼續自己的腳步。

安靜了片刻，他忽地開口。「……一定要和三皇子的人正面開戰嗎？不能讓召喚師去處理就好？」

「影校的人能做什麼？他們只顧自己的安危而已！」

「況且，我們不可能一直躲下去，軔髓遲早會發現異常，遲早會帶著三皇子的軍隊過來勦滅我們。」

「與其坐著等死，不如起身戰鬥。多消滅一個敵人，全面開戰時就少一個負擔。」

「這樣喔……」封平瀾點點頭，「那雪勘皇子的事怎麼辦？開打的話你們就曝光了，這樣要怎麼去找他呀？」

眾妖一時語塞。

「一直躲著也是妨礙行動。」出乎意料地，奎薩爾主動開口回應。「和軔髓的衝突勢所難免，躲藏拖延沒有意義。況且，直接攤牌後，或許能從對方那裡挖出連召喚師也不知道的情報。」

「奎薩爾……」封平瀾望著他，似乎非常訝異，「為什麼你總是這麼帥氣呢？」

剛剛那番話實在酷斃了！他應該隨身帶著錄音筆，像古代史官一樣隨時記錄奎薩爾的一言一行，然後編成一本奎薩爾的起居注！

奎薩爾皺眉，似乎有些懊惱自己的多言。

Chapter7

危機就像果汁機，扔進去的東西都會面目全非、傷痕累累，但那些被傷害攪亂的事物卻意外地混出了一杯營養美味

下午的課程中，封平瀾全都心不在焉，一直想著契妖和教師之間的矛盾，還有契妖與鞁髓即將爆發的對戰。

難道沒有其他辦法了嗎？

他知道躲避不是辦法，對方遲早會察覺異狀並找上門。

只是，他希望不要那麼輕率地攤牌，那麼快引發戰火。

一方面是擔心奎薩爾他們的安危，另一方面，則是出於自己的私心……

他還想再和奎薩爾他們相處，希望這樣的生活持續得久一點……

一點就好。雖然知道隨時都有可能分離，但他不希望是出於這樣的原因。他希望能皆大歡喜，奎薩爾找到雪勘，然後一群人圓圓滿滿地讓他歡送著離開。

然後，他想起玖蛸。戰鬥時玖蛸看起來十分無奈。

如果你是召喚師的話，我希望你是我的主子……

一想到那張哭喪著的臉，他心裡就一陣消沉。

雖然對方是敵人，但他還是忍不住對那悲苦的妖魔產生了同情。

大家都是各司其職、各為其主，很多時候沒有選擇的權力。

那他呢？他什麼都不是，只是個暫時的幌子而已。況且，也沒有人會期待他的表現。

這是不是代表，他做什麼選擇都沒關係呀？

他可不可以稍稍任性，對於挽留契妖這點，做一點小小的掙扎？

哎呀，他好像變得有點貪心了呢……

傍晚，白晝的課程結束，影校的課程開始。

離放學只剩三個半小時。

封平瀾看著璁瓏等人，他們的心意似乎仍非常堅定，就等放學後開戰，和老師開戰，和鞁髖開戰。

封平瀾開始期待發生地震，或突然颳起暴風雪，或三皇子突然駕崩、所有的手下都得回去奔喪。

這樣他們就不用爭戰了。

封平瀾倒完垃圾才前往影校，沒和契妖同行。他踏入鏡中結界沒幾秒，就被迎面而來的三人擋住去路，三大社團的社長們皮笑肉不笑地等在前方。

「有進展了嗎，學弟？」曹繼賢假惺惺地關切，「發現了什麼不尋常的事件嗎？」

「啊？什麼進展？」封平瀾一時恍神，沒反應過來。

「入社測驗的事。」蕾娜秀眉倒豎，不屑地哼了聲，「你似乎很從容嘛，一點也不放在心上是吧？」

封平瀾這才想起還有入社測驗。中午去完辦公室後，他的心思都放在洋樓的事情上，完全把這個棘手問題給拋到腦後。

封平瀾乾笑幾聲，「這個嘛，可能有一點問題……」原本他打算下午思考如何和社長們重定測驗規則，想出些對己方有利的條件，但現在腦中一片空白，只能傻笑。

「時間不多了，你們最好趁假日行動。」艾迪提醒。

「噢噢，知道知道，我會盡力去調查的啦，哈哈哈……」

「加油呀。」曹繼賢雙手環胸，風涼地開口，「我們會仔細審核，可別想做假矇混。」語畢，三人高傲而輕蔑地轉身離去。

封平瀾進入班上，坐回座位。契妖們都坐在老位置上，奎薩爾也在，因為葉珥德已經回到崗位。

沒多久，殷肅霜進入教室，課程開始。

封平瀾完全無心聽課，他的桌上放著超自研的資料夾，百般無聊地翻閱著。

怎麼麻煩的事總是一起出現啊？他的人品有這麼糟嗎？還是他長得特別好笑？所以老天作弄起他來都不手軟的……

明天就是假日，他已經錯失和社長們談條件的機會。不過，如果今晚真的開戰的話，誰還管什麼入社測驗，說不定明天他又變回一個人……

心情將墜入沮喪之中時，封平瀾用力甩頭，把負面思想甩開。

不，在結局發生以前，任何事都可能有變數！他想和璁瓏他們一起參加社團，他確信這個未來仍有可能發生。

契妖和老師間的矛盾他無法插手，他只能盡自己的本分，為那希望渺茫的和平未來做規劃籌備。

封平瀾低下頭，繼續翻著檔案，但躁動不安的心，讓他怎樣都無法專注。

好麻煩啊！沒有一一實地考察的話，誰知道哪裡有問題、哪裡沒問題？難道沒有比較簡單的方式可以交差嗎？

我們會仔細審核的，可別想做假矇混。曹繼賢叮嚀的話語在耳邊迴響。

封平瀾苦惱地搔著頭髮，烏黑的髮絲被他揉得一團亂，有如鳥窩。

怎麼可能做假啊！要從哪弄來妖魔、偽裝成靈異事件——

封平瀾思緒停頓。

慢著。

他的腦中閃過了一個念頭。

然後，漸漸成形，連他自己都覺得不可思議。

可行嗎？

好像……有辦法……

「嗚啊啊啊啊！」封平瀾忍不住驚叫出聲。

可以！可以！這樣子就沒問題了！統統都解決了啊！

教室裡的人驚愕地轉頭盯著封平瀾，契妖們也詫異地瞪著他那突如其來的異常舉動。

「鬼叫什麼！」殷肅霜怒斥。

「對不起對不起！」封平瀾笑著賠不是，「班導別生氣啦，平瀾愛你唷！」

殷肅霜露出嫌惡的表情，低咒幾聲，接著宣布開始自由練習。

「你搞什麼鬼？」璁瓏低聲詢問，「褲子的拉鍊壞了？夾到皮？」

「我、我……」封平瀾興奮地開口，連說話都變得結巴，「或許……有辦法。」

「什麼？」

「社團的測驗啊！」封平瀾得努力克制，才能壓抑自己的興奮，「我、我想到該怎麼通過那個測驗了！」

「噢，真的？」百嘹輕笑，「那真是太好了，希望你社團愉快呀。呵呵呵……」

「什麼時候了，你還想這種事？」璁瓏忍不住抱怨。

都要開戰了，怎麼還在想那些……對封平瀾而言，學校的事比他們還重要嗎？這代表他站在召喚師那一邊嗎？

「和皸髄對戰的話，等於是和影校撕破臉。」冬犽柔聲提醒，以為封平瀾不懂其中的利害關係。「我想，他們可能不會假裝沒事地讓我們繼續留在這……」

最糟的情況就是三皇子直接出現。

他們未必回得來……

「我知道我知道，聽我說嘛！」封平瀾顯得有點焦急，「社團測驗不是要我們找出有妖魔出沒的地點嗎？」

「所以呢？」

「我們可以自己製造一個啊！就用皸髄！」

眾妖微愣，不太明白封平瀾的計畫。

「什麼意思……」

「就和上次我誘騙玖蛸一樣啊！我們先找個確定沒有問題的事件地點，然後演場戲把皸髄引過去。我們可以假裝是巡行的滅魔師，經過這個城鎮時發現了玖蛸和尨猔，就把他們除滅，任務完成後便移動到下一個地點。只要皸髄以為這一切都是滅魔師所為，讓他回去如此稟報三皇子。既能讓三皇子的人對這個地區轉移注意，又能掩飾你們的行蹤。」

封平瀾越說越興奮，中途還差點換不過氣。他重重地吸了口氣後，繼續開口。

「而且，我們還可以順便蒐集皸髄出沒的證據，完成社團測驗！讓社長們呈報協會，協會就能派出召喚師提防應付三皇子啦！」

封平瀾一口氣說完自己的構想，興奮又期待地看著契妖們，等待著對方的回應。

契妖們先是錯愕，接著直覺地想吐槽反駁，但仔細想想後，卻又發現這看似可笑的計畫，可行性竟然相當高。

「那，影校的召喚師怎麼辦？他們不會讓我們行動的。」墨里斯哼聲。

「不用擔心，我們沒有要回家，也沒有要和鞁髓起衝突，而且我們還幫他們把鞁髓引離此地，這和老師們的期望一樣啊。」

「要把鞁髓引去哪裡？」璁瓏也提出質疑。

「理睿他親戚家的飯店！我們可以直接去宿舍向他借會員卡，說明要去調查超自然現象，完全不會被發現！而且結案時我們可以編造其他謠言蓋過原本的靈異傳聞，還他親戚的飯店清白！」

眾妖互看一眼，一時不知該做何反應。

雖然還有不少細節待確定，但大體而言，這個計畫可以實踐，而且同時解決了好幾個問題……

直到此刻他們才真正感覺到，封平瀾確實是特晉生的榜首。

「不錯嘛。」百嘹稱許地拍了拍手，「不過，看到你突然變聰明，讓我很不習慣，連雞皮疙瘩都冒起來了，呵呵呵……」

「我一直都是這樣好不好！」

「不過，如果只靠我們的話，人數可能不太夠，要扮成召喚師似乎也有點困難。」冬犽有點苦惱地點出另一個問題。

就算變裝，或許短時間內可以矇騙，但如果要演一場長戲的話，絕對會被皸髓察覺。

「噢，那個啊。」封平瀾搔了搔後腦勺。「人數的話嘛……」

事實上，他想找同學幫忙，只是不曉得對方是否願意冒這個險……

「我很樂意協助。」靜靜站在一旁的蘇麗綰忽地開口。

「可以嗎？謝謝妳，麗綰！」

「算我一份。」站在不遠處、看似在認真練習的柳浥晨揚聲插入話題。「反正我也需要通過入社測驗。」

「班長！」

她一直聽著封平瀾與契妖的對話。和皇族對抗會招來危險，但她願意冒險。她今日能這樣爽快自在地生活，是拜封平瀾所賜。她想回報。

況且……

每當想起上回放開一切、縱情戰鬥的場景，她總感到熱血沸騰。

「原來妳根本沒在專心練習呀。」百嘹笑著調侃。

「……我也加入……」不知道何時移動到他們附近的宗蜮，幽幽地開口。「上回的實驗體被打爛了，這次一定要保留全屍……」

他說的是玖蛸。宗蜮一直想要研究契妖的死體。

「班長，小蜮兒！太感謝你們了！嗚嗚，我太感動了，要我以身相許三次我都願意！」

「那，大體捐贈同意書的受益人那邊可不可以填我的名字……」宗蜮小聲提議。

封平瀾激動得想往柳浥晨等人撲抱過去，但被柳浥晨不留情地一掌推開。

「太好了，多了三個人，這樣就沒有問題了——」

話語未落，就被氣沖沖的質問給打斷。

「慢著！什麼三個人？你這是什麼意思？」伊凡拉著伊格爾，不滿地朝封平瀾一行人逼近，「你們打算丟下我和伊格爾掃廁所嗎？不管，我們也要加入！」

他從封平瀾上課出現異狀時就開始留意了。果然有事發生！

竟敢不邀他?!太可惡了！

「你們來幹嘛？」墨里斯皺眉反問。

「你又不缺社團。」璁瓏搭腔。

「我說過，只要跟著你們就會有好戲看！」伊凡笑呵呵地回應，「我也要跟！作弄皇族這麼有趣的事怎麼可以缺席?對吧，伊格爾?」

伊格爾吶吶點頭。

「噢，太好了。」百嘹笑望著伊凡，「到時我們多了一個誘餌可以用，全身而退的機率提高了不少，呵呵呵。」

「你確定?」伊凡挑釁地回以天真笑容，「小心在灑餌時被反咬一口吶!」

「那你得先知道我何時灑餌才行呀。」百嘹回以深沉淺笑，「你咬住的，說不定是另一個餌食，呵呵呵……」

又一次在與百嘹的唇槍舌劍中敗落，伊凡皺眉懊惱。

「你真討人厭……」

「彼此彼此。」

「總有一天我會扳倒你的!」伊凡賭氣地宣示。

「希望那是在我的有生之年。」百嘹瀟灑一笑。

「人員足夠了，接下來怎麼辦?」柳浥晨直接切入正題，「我知道你打算演一場戲引走敵人，工作怎麼分配?」

「我目前的構想是兵分兩路。」封平瀾開始解說自己的想法。

一路人馬帶著契妖去洋樓那裡，引起皲髓的注意並跟蹤，將他引到飯店；另一路直接去飯店等候。兩方偽裝成不同路的召喚師，聚集在飯店交換情報，然後前往下一個目的地。在交換情報時，故意放出假消息，好讓鞁髓聽見並向三皇子回報。

「如果他起疑怎麼辦？」

「呃……」封平瀾沒考慮到這點，畢竟這並非目前所能控制的變項。

「很簡單，發動攻擊。」冬犽輕輕地道，「冒著生命危險得到的情報，一定感到格外珍貴，不會懷疑是假的。」他發現眾人詫異地看著自己，微微一笑，「過來人的經驗。」

「還有一個問題。」百嘹笑道，「我覺得在座的各位看起來不像是足以消滅伺目、彤猺和玖蛸的強大滅魔師呢。沒有冒犯的意思，呵呵呵……」

確實。大家都還是學生，青澀的面容怎麼看都不像經驗老練的滅魔師。

「或許可以變個裝？直接露出真實面孔好像也不太好。」

「怎麼變？化妝？有辦法騙過對方嗎？」

「……我可以幫忙。」宗蜮細聲開口。「別忘了，我做的屍體連醫院人員都難辨真假呀，嘻嘻嘻……」

「我們沒有要扮屍體。」柳浥晨翻白眼，「那樣子光是在路上走都會引起騷動！我可不想被喪屍片迷爆頭。」

「那就更容易了。」宗蜮扯扯嘴角，「雖然沒什麼挑戰性……」

「容貌是沒問題了，那服裝呢?穿著校服行動根本是掩耳盜鈴。」璁瓏點出另一個問題。

「嗯……我想說可以用布包一包，改變一下造型。」

「哪來的布？」

「醫療中心的床單應該可以借用一下吧？」封平瀾異想天開地提議，「這樣會有魔法師的神祕感呢。」

「那樣看起來會像穿著束縛衣的神經病！」柳浥晨立即駁回。

「那個，」蘇麗綰輕柔地插入話題，「我恰巧有戲劇研倉庫的鑰匙。」

「為什麼妳有？」柳浥晨好奇。

蘇麗綰笑了笑，「社團最早到和最晚走的人要負責開關門。」她撥撥頭髮，輕描淡寫地說著，「然後我的工作量稍微多了些。」

「蕾娜那個臭三八！只會欺負人！」柳浥晨痛斥。

不過，也因為這樣，他們今日才有自由使用服裝的機會。

彷彿是上天安排好的一般。有些事是福是禍、是好是壞，當下很難判別。

「那怎麼過去？」伊凡發問。

「火車！」璁瓏眼睛一亮，「我想搭火車！」

「理睿他親戚家的飯店離車站很遠，交通不是很方便。」封平瀾抓了抓頭。「使用咒語過去呢？」

「不行，被發現的風險太高。」冬犽否決。

「引誘鞁韆的人可以用咒語。」百嘹提出意見，「畢竟他們就是要讓鞁韆發現的，多使用咒語比較能取信於人。其他人再另外想辦法前往。」

「我家有小貨車，塞個十一人沒問題。」柳浥晨開口，「問題是誰來開？」

「伊格爾有駕照！」

伊格爾對著眾人點點頭，平淡的表情出現了些許靦腆。

「十一個人？」封平瀾算了算人數，「回程的話會超過十二個人吧？扣除小蛓兒，召喚師加契妖應該會有十二個人。」

「葉珥德要留在學園，不能參與。」

「璁瓏可以放後車廂，無所謂。」百嘹開口。

「喂！」

「噢，那還差一個人的話是……」封平瀾的目光望向蘇麗綰，想起那缺席的人是誰，

「欸，終絃呢？」

「他在那裡。」蘇麗綰不好意思地指了指教室另一隅。留著辮子、穿著中式長袍的終

紘，站在遠遠的角落。

「他在那裡幹嘛？」墨里斯一直看終紘不順眼。

「上次我擅自和你們與玖蛸對戰，回來之後他就沒和我說過任何話了。」蘇麗綰苦笑，「為了這件事我們被本家責備了一番，終紘無故被牽連，應該很生氣吧……」

所以，這次的行動，想也知道終紘不會參與。

「這樣喔。」封平瀾搔了搔下巴，把注意力放回眼前的議題，「嗯，好，那我們還差劇本……雖然有個大概方向，但沒有腳本的話可能會穿幫，最好把人物設定和臺詞大致編排會比較好。誰可以幫忙啊？」

「你自己寫不就得了？」

「我作文不太好。」封平瀾不好意思地嘿嘿傻笑，「老師的評語每次都是創意度一百，切題度零。」

也就是說，每次寫到一半，都會出現超乎想像的神展開，然後整篇文章的境界進入另一個次元。

該找誰呢……

希茉怯縮地舉起手。

「那個……我，應該……可以……」她小聲地開口，低著頭，頭髮垂在臉前，「我喜歡看電視劇，所以編劇……應、應該沒問題……」

「太好了！」封平瀾拍手。「那現在只剩一個問題……」

這個問題不需任何專業能力，但以目前的處境，只有他的立場能去做。

雖然是件小事，卻關係著整個計畫是否能成行吶……

快下課時，封平瀾跑到臺前對著殷肅霜諂笑。「親愛的班～導～」

「做什麼？」

「我想請假。」

殷肅霜挑眉，「理由？」

「完成社團測驗。」封平瀾咧嘴一笑，「不只我，奎薩爾、冬犽、百嘹、璁瓏、墨里斯、希茉，還有班長、麗綰、小蜮兒、伊凡和伊格爾，大家都要請假。」

殷肅霜的眉頭揚得更高，彷彿聽見什麼荒謬的玩笑。「你到底想做什麼？」

「噢，事實上是……」封平瀾把方才的計畫重述一遍。

計畫再完整，也要出得了校門才能進行。最終還是要校方同意，他們才有執行的可能。

殷肅霜呆愣片刻，雖然陰沉的臉看不出來，但他確實錯愕了。

看似胡來粗糙的計畫，卻巧妙地把各種情境結合相扣，一次解決了所有問題，並且不得罪任何人……

他不由驚嘆。驚嘆之餘，卻也產生了些許顧忌和不安。

殷肅霜沉默了幾秒，「……這是你想出來的？」

「呃，是啊。」封平瀾以為班導要責備，趕緊開口，「是我擅自想出這樣的做法的，因為一直僵持下去也不是辦法嘛。這樣可以解決問題，又不會違反影校的規定。所以，可以嗎？班導？」

殷肅霜皺眉，似乎陷入苦思。片刻，無奈嘆氣。「我去請示理事長……」

「那我們——」可以行動了？

「在核准之前，不得離開校園。」

言下之意就是，離開班級他可以睜一隻眼閉一隻眼。

「謝謝班導！」

封平瀾開心地轉身，向同伴回報結果。簡單交代分工之後，眾人開始行動。

看著整個計畫順利展開，他的心中有一股滿足感。大家一起為同樣的目標而合作的樣子，讓他覺得非常喜悅。

並不全是因為出於眾人的團結，而是因為，他也是其中的一分子。

他有同伴！不是一個人單打獨鬥，也不是一個人被屏除在外。

明明是很危險的事，他卻完全無所顧慮。

可以的話，他衷心希望這樣的生活能持續得久一點……

封平瀾穿出鏡中結界，越過夜空下的廣場前往宿舍，直奔宿舍寢室。

「理睿，是我。」他敲門，接著扭動門把，門是上鎖的。「你在嗎？」

週五夜晚，許多住宿生會返家，但白理睿通常會留在宿舍，以免錯失任何和女同學邂逅巧遇的機緣。

「等一等……」慌亂的回應響起。

門板後方傳來椅子拖地的聲音，接著是收拾東西的雜亂聲響。片刻，門扉打開。

「晚安。」封平瀾笑著問候，他看白理睿連眼鏡都來不及戴上，顯然非常匆忙，「你在忙喔？」

「呃，嗯……」白理睿支吾地應了聲。

封平瀾點點頭，露出會心的笑容，拍拍白理睿的肩。「真是好興致吶，理睿。」

青春期少年，一個人的深夜，能忙什麼?他懂。

白理睿看得出封平瀾完全誤解，但沒多做解釋。算了，誤會也好，這樣他也不用去想藉口。

「你的室友不在喔？」

「沒有新的室友，我現在一個人住。」

他是一個人沒錯，因為房裡另一位不算是人，那位小小的、美麗的室友，屬於他一個人的祕密。

封平瀾進房後左右打量。白理睿的書架上依然擺滿各式各樣的奇怪物品，他知道那一定和追女生有關，但有些東西他實在想不出用法。

目光移向桌面，桌上有顆吃了一半的桃子，還有一個小架子，上面掛著一件件迷你尺寸的服飾。

「理睿，那是什麼？」封平瀾好奇地走向桌邊，盯著那些精緻小巧的華服。「這是洋娃娃穿的衣服嗎？好小、好漂亮喔！怎麼會有這個？」

「呃，我發現有些女生喜歡人偶，所以研究一下。理解女性的嗜好有助於開展話題……」白理睿隨口胡謅。

那些衣服是他買來給玖蛸穿的。玖蛸身上的衣服雖然華麗，但已破舊不堪且嚴重磨損。他不知道玖蛸喜歡什麼樣式，所以就買了一堆，到時候讓小美人自己挑選。

看見封平瀾靠近衣櫃，白理睿趕緊開口提問，轉移注意。「這麼晚了找我有事嗎？」

他的小美人就躺在櫃子裡的小床上安眠。衣櫃裡有一整層被布置成房間的模樣，小床是他特地請人訂做的，全手工訂製家具有如迷你版樓中樓豪宅。他甚至接了電線，讓櫃子裡亮著一盞小燈，以免他的小美人一醒來就被黑暗包圍。

「喔！」封平瀾轉頭，有點不好意思地開口，「那個，我想和你借飯店的ＶＩＰ卡……」

白理睿挑眉，「這個時間？」

「對……因為臨時出了點狀況，我們急著要去一趟……」封平瀾略微遲疑地含糊解釋。他沒想太多理由和藉口，因為他不想主動說謊。

「喔，好。」白理睿也沒多問，從錢包裡掏出一張黑色磁卡，爽快地交給封平瀾。

他不想讓封平瀾在房裡停留太久，以免節外生枝。誰也不知道玖蛸何時會醒，要是這時醒了走出衣櫃，他要怎麼和封平瀾解釋？更何況玖蛸不希望讓別人知道他的存在。

此時此地，兩個人心中皆有祕密，怕被對方察覺，都希望趕緊分離。

「噢，謝啦！」封平瀾接下卡片，「有人數限制嗎？」

「沒有。」雖然想盡快結束話題，但白理睿還是忍不住好奇，「你打算和誰去啊？」

「呃，班長、宗蜮、麗綰，還有百嘹、希茉他們……還有伊凡、伊格爾……」封平瀾猶豫地吐出了一長串名單。

白理睿皺眉，「你和那麼多女孩子一起出去旅遊？」

「哈哈……理睿想一起去嗎？」封平瀾覺得自己的語調有點心虛。

「不了，我還有事。」白理睿一口回絕。

「噢，真可惜。」封平瀾暗暗地鬆了口氣，「那個，我們可以去住那間有問題的房間嗎？因為社團要調查超自然事件……」

白理睿挑眉，「我說過那是謠言。」

「對對，我知道，我們就是要證明這是謠言，公諸於世，也可以順便還飯店清白啦！」

「喔，其實你們不需要這麼做，那間房還是會有客人入住的。」雖然大部分都是對謠言一無所知的外國旅客。

「沒關係啦，順手之勞而已。」封平瀾盯著手中的卡片，「這個要怎麼訂房呢？」

「不用訂，你只要報名字亮出卡就好。」

「這麼方便？」封平瀾嘖嘖稱奇，小心地把卡收好，「理睿你和你親戚感情一定很好。」

「嗯。」白理睿隨口應了聲。

「那就不打擾啦！謝謝理睿！晚安，星期一見！拜拜～」封平瀾退出房間，準備趕往下一個地點。

送走封平瀾之後，白理睿拿出手機撥號。

「幫我轉接客務部經理。」

彼方安靜了片刻，換人接聽。

「是我。」白理睿直接指示，「這兩天我有朋友要過去，他會拿著我的卡。不管幾點都讓他們 check-in，安排他們住進觀海 VILLA 和同等級的房間，所有設施和服務都免費使用。」

掛上電話後，他小心翼翼地打開衣櫃，望著縮伏在軟墊上的小美人，嘴角不自覺地露出溫和笑容。

什麼時候才醒來呀？他也想帶著他去外頭遊玩吶……

離開宿舍後，下一個目標是醫療大樓。

他迫不及待地想把整個計畫告訴奎薩爾，在腦中幻想著奎薩爾聽見時的反應。

他會稱讚他嗎？會不會拍拍他的肩膀？還是會握住他的手表達感謝的心意？

封平瀾邊跑邊嘿嘿竊笑。

不過，不知道奎薩爾會不會否決……

那麼孤傲的奎薩爾，會接受這種有如玩鬧般的計畫嗎？願意和召喚師合作嗎？

如果他否決的話，得用什麼方式說服呢……

抿了抿嘴，把念頭撇到腦後，加速前進。急促的腳步噠噠地響起，迴盪在校園樓宇間。

醫療中心。

整棟樓都是暗著的，走廊上的安全出口亮著幽綠的燈光。角落的辦公室也是昏暗的，只有桌面上鵝黃色的檯燈燈光亮著，在屋裡的每樣物品後方拉出狹長的影子。

頎長的人影坐在辦公椅上，雙手交疊在腹部，向後微仰。冷峻的面容略顯蒼白，雖閉著雙眸，但眉頭仍深鎖，彷佛正在為了某事而惱苦。

他在等待，等待夜晚的課程結束就離開。

他願意等到影校結束才行動，已經是給召喚師面子。如果對方阻撓的話，他會排除所有障礙……

雖然知道這樣的做法不明智，但他不願再蜷伏退縮……

再這樣下去，他擔心自己會被馴服，忘了身為皇子近衛軍的尊嚴……

被誰馴服？

眉頭微蹙，刻意忽視內心的反詰。

咽喉不斷傳來緊收感，讓他幾乎喘不過氣。但他仍咬牙忍耐，假裝那樣的痛苦並不存在，假裝那原始的飢渴並不存在。

意識無法專注，悄悄地、一絲一絲脫離控制，渙散一點一點渲染。

如果此行被召喚師阻攔成功，他們會被囚禁、封印，還是直接銷毀？

雪勘殿下……他想盡早回歸小皇子身旁，返回幽界，重振旗鼓，圓他的夢想，圓皇子殿下的王者夢。

如果失敗的話，萬事皆休、萬事皆空——

不，不對，不會全空。

有個傢伙陪在他身邊，甩也甩不掉的傢伙……

憨呆的笑顏和刺耳的笑聲在腦海中浮現。

內心不自覺地產生一股寬慰感，但這樣的感覺才一出現，就被他推得遠遠的。

封平瀾根本不算什麼，他只是個——

只是食物而已，對吧？

心底的欲望，悄悄地對著他的思緒低語。

處於昏迷邊緣的奎薩爾，沒有太多意志力抗拒和抵擋。

……不完全是……

他在心底虛弱地逞強。

還要撐多久呢？這樣的狀態，別說是鞁髓或三皇子的其他部下，連幾個召喚師都抵擋不了吧……

奎薩爾的意識矇矓，已沒有太多思考能力，只能順服地回應。

確實如此……

隱約間，他覺得自己聽見了腳步聲和敲門聲。但那些聲音離他很遠，他無暇注意。

腦海中的耳語聲，來自深沉的渴望與本能，抓住了意識的主導權。

聞到了嗎？

什麼？

那被包裹著、隱隱透出的香氣？

奎薩爾深吸了一口氣，抓到空氣中那一絲淡到常人無法察覺的血腥味。

味道越來越近。

他的牙齒發酸，鼓舞著他覓食。

猶豫什麼呢？

吃吧。

奎薩爾順從地張口，咬下。溫熱腥甜的濃膩，沖向他的咽喉，滋潤了他乾渴的靈魂。

如此美味……

帶著生命力的溫熱液體注入，隨著體力回復，他的意識逐從本能深層浮出，逐漸清醒。

奎薩爾低頭，赫然發現自己正在進食。

他在做什麼！

他向後退，鬆開嘴。

映入眼中的景象是，雪白的衣領被扯開，露出大片的肩，肩上垂掛著破爛的繃帶，橫越肩頭的一道刀傷正滲著血。

奎薩爾感到一陣心冷，他的目光向上移，那張熟悉的容顏正好整以暇地笑望著他。

「奎薩爾，」封平瀾笑著開口，眼底裡帶了點戲謔，「吃飽好上路囉。」

封平瀾在辦公室門口敲門又叫喚了幾聲，但無人回應。

他小心翼翼地轉開門把，踏入房中。僅靠一盞燈泡照明的昏暗室內，奎薩爾就倚坐在辦公椅中，雙眸緊閉。

「奎薩爾？」

椅子上的人沒有反應。

封平瀾驚喜地摀住嘴。

奎薩爾在睡覺嗎？他第一次看到耶！

他躡手躡腳地走近奎薩爾身邊，打算把這罕見的珍景看個仔細。

沉睡中的奎薩爾，看起來也非常嚴肅。雙手端正地交疊放置在腹部，頭顱靠在椅背正中央。如果不是胸口微微起伏的話，看起來彷若一尊完美的雕像。

睡夢中的奎薩爾眉頭深鎖，嘴唇緊抿，看起來在忍耐著什麼痛苦。

怎麼連做夢也在煩惱呀……哪有人睡著了表情還這麼嚴肅……

封平瀾湊過頭，靠近奎薩爾。

他觀察片刻，接著伸出手，輕輕地碰了碰那沉睡的冷峻容顏。食指滑過額間，企圖用手指將那緊蹙的雙眉撫平。

指尖下的眉頭，似乎微微地抽動了一下。

封平瀾立即抽手，但手指才離開眉間不到一寸，手腕就被猛然襲來的力道揪住。

緊閉的雙眸緩緩睜開。

「呃，奎薩爾……那個，我是來——」封平瀾以為會被責罵，趕緊解釋。

但還沒說完，手腕就被強烈的力道往下拉扯。封平瀾重心不穩，撲跌在那修長的大腿上。然後，他的領口被扯開，肩上繃帶也被粗魯地撕下。

尚未痊癒的刀傷開始滲血。但封平瀾依舊呆愣著，完全感覺不到疼痛。

「奎、奎薩爾？」

面前的紫色眼眸閃著詭魅而狂野的光彩。

奎薩爾張口，但並未說話，而是直接往肩頭的傷口覆上。

封平瀾的肩頭一陣溫熱，然後是斷續的吸啜感。

他了解發生什麼事了……

上回也有過類似經驗，奎薩爾不受本能控制而屈服在原始渴望下。

封平瀾抓了抓頭。他知道奎薩爾需要的血量不多，且一旦補足就會回復理智。

他望向近在面前的頭顱，伸手拍了拍。

餓很久了吧……這個愛逞強、愛面子的傢伙。

片刻，他感覺到奎薩爾的身子猛地僵硬，顫動了一下，然後抬起頭，退開。

啊，結束了。

封平瀾看著奎薩爾，好奇對方會有什麼反應。

奎薩爾的眼中出現了明顯的吃驚，和做錯事被活逮的惱羞懊悔。

真沒想到奎薩爾也會有這樣的眼神，有點好笑。

如果有帶相機就好了……

他在奎薩爾的眼中看到了愧疚與罪惡感。

然後，他有點壞心地，稍稍利用了那一絲愧疚，笑著開口，「奎薩爾，吃飽了好上路囉。」

Chapter8

灑狗血的劇情雖然有汙辱觀衆智能之嫌，但又不得不承認它確實扣人心弦，讓人自取其辱也甘願

十分鐘後，所有的人在儀態美學研習社教室集合。

封平瀾和奎薩爾到達時，只見所有人均整裝以待。

希茉坐在角落，用社團配裝的電腦飛快地打著字。螢幕光打在她臉上，不知為何，那過分專注的神情看起來有些駭人。

長桌上堆放著更換下來的制服，大部分的人都已披上偽裝。

墨里斯的黝黑皮膚變得白皙，並戴上棕色的微捲假髮、圓框眼鏡，穿著修身剪裁的圓點襯衫和窄管褲，感覺就是個身材稍魁梧的文藝青年。

百噬黑色的假髮梳得整整齊齊，油亮發光，加上筆挺的西裝、嶄新的皮鞋，儼然就是白手起家的中年企業家，但眼中原有的邪魅氣息卻怎樣都掩蓋不了。

「哇！」看著這兩人，封平瀾忍不住讚嘆。「好強喔！」

「小意思……」宗蜮低笑，「給我多一點時間，我可以直接做出另一張臉皮……」

「你自己怎麼不換裝呀？」

宗蜮勾起意味深長的笑容，「我已經換上了。」

他一直披著自己最自豪的畫皮……

封平瀾轉頭，只見教室的另一隅有個俊秀斯文的少年，正幫另一名講電話的型男梳頭。

他好奇地走過去，盯著對方半晌。等到男子掛上電話時，他便開口詢問。「是伊凡和伊格爾嗎？」

「我們在這邊喔。」叫喚聲從另一邊傳來。

戴著棕色長髮的俏麗女高中生，笑著朝封平瀾揮手。女孩身旁站著個穿針織衫與長裙的女子，及肩的自然捲髮綁在腦後，沉靜的臉蛋給人貞靜賢淑的溫柔人妻之感。

「伊凡、伊格爾？」封平瀾詫異，「為什麼是女裝啊！」

「一群男人一起出去感覺挺怪的不是嗎？還是要有些女性陰陽調和一下嘛。」

「沒錯，這裝扮看似滑稽，但確實是很好的偽裝。雖然我比較想扮成火車車掌。」穿著套裝、紮著老派髮髻、戴著三角框眼鏡的中年女主管傲慢地指正，她的聲音聽起來和璁瓏一樣。

「那剛才那兩個男生，難道是……」

封平瀾望向型男和俊秀少年，從對方的眉宇間勉強找到了熟悉感。

「班長？麗綰？」

「發什麼愣啊？」男子收起手機，不耐煩地對著封平瀾吆喝。「東西備妥了嗎？混太久了吧！」語氣狂霸，十足的柳浥晨風格。

「嗅，準備好了。」封平瀾趕緊亮出會員卡，「沒問題了！」

「大部分的東西都安排好了，就差你了。」斯文少年蘇麗綰溫柔地開口。

「噢，好的！馬上動工！」封平瀾的目光在兩人身上打量一番，「好帥喔，我也想要這樣打扮。」

「你有別的角色……」宗蜮悠悠開口。

「真的嗎？快點快點！幫我換！」封平瀾興奮地跟著宗蜮來到社團角落的儲物室裡。

十分鐘後，一名穿著英倫學院風襯衫和短裙的黑色長髮少女走出。

封平瀾站在鏡前，驚喜地看著自己的轉變。

「哇，化妝術真是太驚人了，我變得好正！哈哈哈哈哈！」他轉頭，不解地望向宗蜮，「不過，為什麼要扮女生啊？我比較想變成型男。」

「之前美術課時你要我把你畫成女體，我覺得那外型不錯，所以直接沿用……」

「這樣喔。」封平瀾點點頭，露出曖昧的笑容，「原來小蜮兒從那時就在覬覦我的肉體了呀！」說完，三八地用指尖戳了戳宗蜮的臉。

宗蜮別過臉，小聲反駁，「……我只對你皮膚底下的東西感興趣……」

「哎呀呀，不錯嘛。」百嘹笑著走近，上下端詳封平瀾一番，勾起嘴角，「出乎意料地合適。這種樣子的話，我可以接受呢，呵呵呵……」

「這畫面看起來像女高中生和色大叔援助交際。」柳浥晨不客氣地吐槽。

封平瀾走向站在一邊的奎薩爾，語帶期待地詢問。

「奎薩爾，你要不要也裝扮一下？你不管扮什麼一定都很棒，就算是女裝……」封平瀾擅自在腦中補充畫面，然後發出近乎猥褻的笑聲。

「我直接影遁。」奎薩爾冷聲打斷封平瀾的妄想。

「噢……」封平瀾失望地垂肩。

「……那個，我寫好了……」敲打鍵盤的聲音停止，希茉起身，表情看起來非常滿足。

每個人各拿了一份列印出來的劇本，翻閱了一下。

主要人物有六個，共三組召喚師與契妖。其他人不會參與主線活動，而是偽裝成普通人留在旅館內，靜觀其變，適時給予支援。

「很棒耶！希茉真厲害！」封平瀾率直地讚嘆。

希茉不好意思地低下頭。

「不過中間穿插的這段戲好像有點怪怪的？悖德的召喚師在旅館與情婦偷情，結果遇到瞞著丈夫、與大學時代的學長一同出遊的妻子，然後那名學長竟然是情婦的未婚夫？」封平瀾往後翻了一頁，「哇噢，還有床戲……」

希茉倒抽一口氣，發出像是被踩到尾巴的貓咪叫聲。

「那那那那那是……打打打打錯的！」希茉慌亂地澄清，臉紅得和髮色連成一片，「那那個是忘記刪掉的……不是我打……我不小心按了 CTRL 鍵和 V 鍵它自己出現的……」口齒不清地吐著前後矛盾的理由。

「噢，沒關係啦，反正只要掌握好大綱，其他細節就隨機應變。」封平瀾低頭看了一下內容，「唔，我滿好奇接下去會怎麼發展呢。」

希茉逃難似地跑進儲物室。三分鐘後，戴著口罩和厚重眼鏡、穿著格子襯衫和鬆垮牛仔褲的醜腆宅男出現。

人員準備就緒。

「我爸等一下會把車開來校內，你們就直接上車出發。」柳浥晨報告狀況。

「所以，等一下是誰要去洋樓？」封平瀾發問。

「沒有人要回去。」

「那誰去引開鞁髓？」

「海棠。」

「海棠？」封平瀾訝異。

「回屋的話，就算引開了鞁髓，但他已察覺到屋裡有召喚師，之後還是會返回調查。」柳浥晨解釋，「海棠直接從屋裡走出，另外會有兩組人馬在其他中繼點與他會合，這樣看起來比較逼真也比較合理。」

確實如此。但封平瀾仍有點遲疑。「可是……」海棠同意嗎？

「海棠已經同意了。」柳浥晨看出封平瀾的疑慮，直接點明。

「什麼？你們怎麼聯絡他的？」

「用手機啊。」

「為什麼妳有他的手機號碼？」

男裝的柳浥晨挑眉，俊帥度加深幾分。「因為我是班長，有全班的通訊聯絡方式。」

「我也要！我要海棠的！」

柳浥晨皺眉拿出手機，點開通訊錄給封平瀾看。封平瀾立刻輸入手機，並按下通話鍵。

「你幹嘛啊？」

「打給海棠啊，他一個人在家一定很緊張無助——啊啊接通了！」封平瀾興奮地雙手握住手機，「海棠嗎？」

話筒的彼端沉默了一秒，似乎有點詫異。

「封平瀾？」

「海棠，你還好嗎？謝謝你通知我們，讓我們有機會避開。你真是個好人！」

話筒彼方再度陷入沉默。片刻，倔強語調說出彆扭的話語。

「你們的事與我無關。我只是不希望到時屋主死了我又得搬家……」

「咦，所以海棠那麼希望和我住在一起？哇噢，真不好意思，沒想到你這麼喜歡我……」

海棠握著電話的手泛起青筋，考慮著要繼續接聽還是掛掉。

「你少——」

封平瀾再度開口，連珠炮似地打斷海棠的發言。「你如果緊張的話，沒關係，我房間的櫃子裡有我從小蓋到大的小毯毯。每當我心情不好或緊張時，抱著小毯毯就會很安心，我可以借給——」

「喀。」電話傳來斷訊的電子音。

「喂？」封平瀾看了看手機，「他掛了。」

「他竟然能和你通話超過三十秒，已經很不錯了。」柳浥晨調侃。

社團教室的門扉忽地開啟，殷肅霜和歌蜜前後出現。

「理事長核准了。」殷肅霜宣布，「但我們會派人隨行觀察，情況一旦無法控制，就由影校接管。」

「噢，所以班導要和我們同行嗎？」

「我還有公事。觀察者會暗中陪同，以防被敵方發現一網打盡。你們不會知道是誰，也不用知道是誰。」

墨里斯、璁瓏和伊凡小聲歡呼，結果被殷肅霜瞪了一眼。

「是歌蜜老師嗎？」

「如果是我，我就不會現身了吧。」歌蜜笑了笑，走上前，在桌上擺了個木盒，「因為你們主動幫影校解決麻煩，所以就送點小禮物給你們帶上路囉。」

「是肉鬆禮盒嗎。」封平瀾期待地看著木盒。

眾人翻白眼，直接無視。

歌蜜打開木盒，裡頭裝滿了印章。

「呵，現在是要蓋好寶寶印章嗎？」百嘹笑著質疑。

「如果是好寶寶印章的話，就沒你的分囉。」歌蜜挑出其中一顆圓章，走向契妖們，「來，戴銅環的那隻手伸出來。」

契妖們困惑地照做。

歌蜜拿著沒有沾印泥的章，直接押蓋在契妖們的手背上。印章移開的那一刻，手背上出現泛著微光的印記，光暈閃動了幾秒便消失。

一股放鬆感傳遍全身，彷彿壓在肩上的無形重擔被減去了大半。

「我調整了能力約束等級，你們現在可以發揮六成的力量。」歌蜜笑著開口，「但時效只有三天唷。」

「才六成呀，妳總是那麼吝於施捨嗎……」百嘹看著手背感嘆。

「六成不夠?」歌蜜故作訝異地開口,「我以為對你們來說,只要三成的力量就綽綽有餘了呢。」

「中肯。」百嘹滿意地揚起笑容,靠近歌蜜,壓低嗓音輕語,「或許,哪天我也該禮尚往來,送妳些獨特的小禮物……呵呵呵……」

「謝謝,但你現在的外表讓我只想報警。」歌蜜笑著退後,望向眾人,「祝各位順利完成任務。晚安囉!希望週一上課時還能見到你們。」

「妳會的。」

行動開始。

一整天過去,屋裡的人沒任何動靜,守在屋外的皸皾開始產生懷疑。

對方發現他的存在了嗎?

如果是的話,為什麼不出來?對滅魔師而言,看見妖魔就像是發現獵物的獵犬,應該會立即行動的……

除非,裡頭的人不是滅魔師,並且出於某種原因不敢現身。

難道會是……雪勘皇子的人?

皸皾聚集形體,降落在洋樓前的樹叢後方。他舉起雙手,手臂側邊伸展出兩片蟬翼。

蟬翼薄而堅韌，銳利如刀，翼上有著骷髏花紋，帶有致命劇毒。

把對方逼出來就知道答案了……

正當鞁髓打算發動攻擊時，洋樓的正門開了。

穿著厚重風衣、戴著帽子、手拎巨大皮箱的人影，低調地走出來。

鞁髓趕緊收回攻擊架勢，壓抑妖氣，屏息以待。

看這樣子，似乎是打算出遠門……

由於對方遮住大半張臉，樣貌看得不是很清楚，但從身形可以得知是個男性。

鞁髓的目光被另一個身影吸引。在男子身旁的空中，不知何時浮現了個人影，人影閃動，樣貌模糊難辨。

是妖魔！這人果然是滅魔師！

他悄悄搓了搓手掌，掌心掉下鱗粉般的細灰。灰粉在空中盤旋聚集成一道霧面，接著染上不同色彩，片刻，出現了朦朧的影像。

「我只想聽好消息。」三皇子的容顏出現在霧面上，溫和地說著霸道的話語。

「發現滅魔師的行蹤了！」

「噢？」三皇子揚眉，「你看見他的妖魔了嗎？」

「沒看仔細，但似乎是女體……」

「是希茉？」

「看來不像……」

「這樣呀……」三皇子垂眸思索。

他曾懷疑過是他失蹤已久的可愛皇弟下的手。但既然滅魔師出現，顯然這個假設就被推翻了。他也設想過是不是奎薩爾和召喚師聯手，攻擊他的手下，然而他不認為孤傲的奎薩爾會認其他人為主……

不過，凡事總有萬一。滅魔師的花招多的是，那些令人作嘔的傢伙，總是有很多折磨妖魔的點子，還是小心為上。

「繼續追蹤，有新消息隨時報告。」

「是。」

皸髓撤下妖霧，接著維持一定距離，小心翼翼地尾隨在滅魔師身後。

滅魔師走入窄巷，左右張望了一會兒。當皸髓以為自己被發現時，那跟在滅魔師身旁的妖魔，開始施展咒語。

兩人的腳下泛起銀色的光。妖魔彎腰，恭敬地將手伸到滅魔師面前，對方傲然地把手放到她的掌中。妖魔起身，輕輕一躍，兩人在天上飛行。

就在妖魔飛天的那一刻，皸髓看清了對方。

他認得那張臉，那是——

曇華！

巷弄彼端不遠處，一輛停在角落的貨車，在皸髓遠去之後，緩緩發動。

貨車是白色的，車身左右兩側分別印著幼貓與幼犬的圖案，後方則是貼著「粉紅肉球寵物用品店」字樣。說實在，開著這輛車相當突兀，但他們別無選擇。

「他跟上了！」封平瀾暗暗鬆了口氣。

「到目前為止一切順利。」冬犽開口。

很好，這是個好的開始。

「班長他們呢？」封平瀾詢問。

「已經到達定點等候。」伊格爾一邊開車一邊回答。

車內只有六人。由於終絃和葉珥德不在，便由宗蜮、伊凡兩人配搭柳浥晨、蘇麗綰。沒人看過宗蜮的契妖，但他身上總帶著淡淡的妖氣，因此由宗蜮扮演契妖角色。

沒辦法坐車的璁瓏和蘇麗綰一組，當皸髓追來時，他負責反跟蹤，尾隨在更後方監控過程，並隨時支援。墨里斯則跟著柳浥晨那組，遠端監控協助。

到飯店的車程約三小時。封平瀾本想全程清醒關注動態，但是連續幾晚熬夜研究超自研的資料，加上時間已晚，車程到一半時他便打起瞌睡。

「我很訝異你會同行。」百嘹笑著輕語，玩味地看著奎薩爾。

奎薩爾沒有理會。

「他是怎麼說服你的？我以為你不會想和召喚師合作，不會想參與這種迂迴的計畫呢……呵呵。」

奎薩爾依然沒開口，但他在心裡暗忖。

不是說服……

是利用他的罪惡感，趁虛而入。

雖說是時間點恰好，使他勉為其難地同意加入這場騙局。但他不得不承認，聽見封平瀾向他描述整個計畫的那一刻，他對封平瀾由衷地感到佩服。

雖然那只是一閃即逝的念頭。

奎薩爾目光看著窗外。進入隧道時，車窗倒映出斜後方座位上封平瀾的睡顏。

裝扮成少女的封平瀾，看起來比平常更為瘦弱。

明明是這麼弱小的生物……哪來這麼多精力……

舌間，懷念起鮮血的香氣，產生了腥甜甘美的幻覺。

他失控過兩次，弄傷封平瀾兩次，吸了封平瀾的血三次。封平瀾從未對此感到厭惡或抱怨，更沒有以此做為利誘威脅的條件。彷彿這是件微不足道、再自然不過的小事。

為什麼？

堅不可破的冰之壁壘，再度動搖。裂縫，加深了些。

奎薩爾忽地發現，倒影之中百嘹正笑望著他，似乎發現了他的視線焦點。他沒有任何反應，冷著臉，漠然地把目光移開。

海棠和曇華在北方與柳浥晨和伊凡會合。

鞁髓看見柳浥晨等人時吃了一驚。

第二組召喚師……他產生了退意。要是被發現的話，和兩名滅魔師戰鬥，他沒把握能全身而退。

指關節隱隱作痛，提醒著他，退縮脫逃的下場一樣慘。他只能硬著頭皮，繼續自己的任務。

「這次的喬裝是學生嗎？」柳浥晨冷笑，按照劇本說出臺詞，演出表情，「和你完全不配。是不是學生時代有什麼令你留戀的事呢？」

這是刻意安排的臺詞。因為海棠露過臉，他們打算營造出所有的面容都是偽裝的假象。

鞁髓接收到錯誤訊息，解讀出錯誤結論。

原來是偽裝！

確實，一個人類少年，想也知道不可能是滅魔師，只有變裝這個可能性。

「不干你的事。」海棠冷然回應。「管好你自己吧。對自己的外貌如此沒自信？就這麼想美化自己的面皮？」

柳浥晨臉色一凜，「你來遲了，協會的召集令昨天就到了。」

「我知道，只是有點小事耽擱。」

柳浥晨不屑輕笑，「走吧，還有一位在等候呢。」

兩人動身。皸鱋趕緊跟上。

所有的人都行遠之後，墨里斯拿出手機，聯絡其他人。

「通過了，前往下一個定點。」

封平瀾清醒時，車子已快抵達飯店。晚上車少，所以比預定的時間早到了些。

「狀況怎樣？」封平瀾擔心地追問。

「都照著計畫進行。」冬犽笑著回應，「一小時後他們會到達飯店，我們有充分的時間準備。」

「太好了。」

「明明是看起來亂七八糟的計畫，竟然能奏效。」百嘹笑望著封平瀾，「你還真有本事吶。」

「嘿嘿，還好啦……」封平瀾偷偷地看了奎薩爾一眼。

對方仍舊凜著臉，看不出情緒。

奎薩爾在生氣嗎？

哎呀，果然不該在那種時候要他同意的，感覺就像威脅一樣……

不曉得奎薩爾覺得這個計畫怎樣？

他可以期待被稱讚嗎？

進了飯店，華美的擺設與氣派的廳堂讓眾人驚訝。

「那小子的親戚頗有錢嘛……」百嘹打量著笑著開口。

「這讓我想到慶典時節的皇宮。」冬犽懷念地說著。

到了櫃檯前，原以為這個時間點會無法入住，眾人都有了施展迷幻咒的心理準備。但出乎意料的是，當櫃檯人員看見那張會員卡後，態度變得更為恭謙，並且對所有要求照單全收，包括讓他們入住那間最頂級的 VILLA。

他們訂了兩間房。一間是鬧出謠言的那間觀海 VILLA，另一間是位在 VILLA 後方一段距離的小木屋。

他們先進入觀海 VILLA。裡面的裝潢和家具都非常典雅，帶有南洋風情，簡單的配色，加上鮮豔的熱帶花卉，整間房給人閒適放鬆之感。

「哇！有浴池耶！」封平瀾驚呼。

前庭面海處有個露天浴池，能一邊泡澡一邊賞景。

封平瀾衝向前，興奮地在浴池附近打轉，接著非常自動地打開水龍頭，開始蓄積熱水。

「你在做什麼？」

「先放水啊，等一下任務結束就可以泡澡了，哈哈！」

「你真的很樂觀。」百嘹笑著提醒，「你都沒想過，或許會發生什麼意外，讓你無法悠哉地在這泡澡？」例如，計畫失敗的話，他們只能血洗戰場了吶，呵呵……

「應該不會吧——啊！」封平瀾忽地驚叫，彷彿想起什麼重要的事，撫額惋嘆，「我忘了帶泳褲！百嘹你說對了，意外發生啦！」

百嘹的笑容僵在臉上。他不是這個意思……

封平瀾低下頭，看了看自己的裝扮，「或者，應該說是女生的泳裝。百嘹喜歡比基尼還是高衩的？」

百嘹笑著搖頭，「這種事值得關心？」

「說的也是……」封平瀾點點頭，「大不了穿上國王的新泳裝直接裸泳，哈哈哈哈！」

「你知道嗎，」百嘹燦笑著開口，「有些時候我是認真地想殺了你呢。呵呵呵……」

閒談沒花太多時間，先抵達的人馬開始布下陷阱。

拔下音叉墜飾，變回原本大小，希茉起了個音，接著，將音戟往地面敲了兩下，無形的音波一圈圈擴散，遍布整棟樓。

冬犽輕撫雙臂，隱藏在肌膚下的符文現形。他以指尖輕輕彈動臂上符文的幾個節點，烙印在肌膚上的紋路脫離皮膚表面，飄浮半空。他旋了旋指頭，符紋在指間盤繞了幾圈後擴大，向上方立起、構築，整棟屋子方圓二十公尺內，被紋路給包圍。

百嘹張開手，對著掌心一吹，金色的粉末飛向空中，散布到整個度假山莊。

山莊內的人開始感到疲憊，半分鐘內，全部昏睡沉眠。

奎薩爾沒有動作。所有的影子都是他的領域，夜晚是他的舞臺，他隨時都能拋出致命而有效的一擊。他是最後的防禦，最終的兵器。

餌拋出，網灑下。

接著，準備捕蟲。

海棠、柳浥晨、蘇麗綰三組人馬會合後，於深夜時抵達飯店。

「歡迎光臨！」櫃檯傳來熱情的招呼聲，「請問有預約嗎？」

柳浥晨等人愣住，他們認出這是封平瀾扮的女裝。

但是，封平瀾的出現不在腳本內。

海棠不知道對方就是封平瀾，所以沒有太多反應。

「是的……有預約……」柳浥晨開口，不動聲色地探問，「我以為我們已經和另一位櫃檯人員交代清楚了。」

「不好意思，今晚的服務人員臨時異動，有些資料交接時有疏漏，所以可能必須和您再次確認，還請見諒。」封平瀾翻了翻本子，「柳先生三位，預約觀海VILLA是嗎？」

原本他們打算只迷昏旅客和部分員工，但因為晚上仍有交班，員工們來來往往，隨時會發現異狀，所以直接對整個飯店下咒，讓所有人都陷入沉眠中。

柳浥晨立即會意，繼續照著劇本演。「是的。」

「好的，這是您的鑰匙。」封平瀾把鑰匙交到柳浥晨手中，接著走出櫃檯。「我為各位領路。」

封平瀾在前頭引領眾人前往住處，柳浥晨、蘇麗綰和海棠紛紛進房。

「祝您有個愉快的夜晚。」封平瀾在海棠進屋前，擅自握住了他的手。「萬分感謝您的到來。」

海棠本想甩開對方的手，但看見對方真誠而燦爛的笑容時，心底忽然一陣悸動，讓他突然不是很想鬆手。

「嗯……」海棠隨口應了聲。

「有任何需要都可以到櫃檯找我。」封平瀾用力地握了握，「晚安。」接著鬆開手，轉身離去。

海棠站在原地片刻，看著對方清麗的背影消失在轉角。他回過神，對自己的反應感到困惑，但無暇多想便轉身進房。

皸髓躲在遠方的樹叢裡，分化出幾隻使魔，飛往觀海VILLA的陽臺、窗口，佇候觀察。

三人進房後，將行李隨手擱在一旁，坐入主廳的沙發中。

「許久不見了吶……」柳浥晨照著劇本開口詢問。「戰績如何？」

「五個。其中三個是在同一個城鎮。」海棠回答。「那三個是同夥，其中兩個還帶了一票雜魚。」

「這倒稀奇了，」蘇麗綰挑眉，「僭行者很少群體行動，是誰和他們訂契約？不從者？」

「來不及問。」海棠冷臉低語。

「你下手總是不知輕重。」柳浥晨為自己倒了杯水，笑道，「那第三個呢？」

「我打算離開時突然冒出的。拷問之下，才知道他和前面兩個是同一夥。」海棠想起當初被玖蛸拷問的情景，忍不住咬牙，語調陰狠地開口，「可惜沒問出幕後主使和目的……」

躲在遠處偷聽的鞁髓打了個顫。

那個滅魔師是在說尨猱、伺目和玖蛸……幸好他們沒說出三皇子的計畫。

「原本預計昨天會合，你耽擱了一天，有什麼新消息？」

「我以為多等幾天會有新的妖魔自投羅網，可惜沒等到，協會的召集令就來了。」海棠狠毒地說著。「我會向協會呈報，把那區列為重要觀察地。總有一天會遇到禁不起逼供、口風不緊的妖魔……」

鞁髓暗暗記下對方說的話。

在另一棟樓裡，透過希茉的音戟，將彼方的所有聲音轉引進來，讓他們能同步聽見對方的動態與談話。

到目前為止都很順利，該透露的錯誤情報都傳達出去了。接下來，就是要讓他逃回去稟報這些假資訊了。

「很好。」柳浥晨忽地站起身，「既然公事談完，接下來，就是解決私人問題的時間了。」

她拿著杯子走向海棠，接著，把玻璃杯朝他猛砸過去。

海棠輕鬆閃過，杯子摔落地面，發出刺耳的聲響。

在一旁偷看的鞁髓瞪大了眼，對這突如其來的發展不明所以。

「你這骯髒的小偷！」柳浥晨憤恨低吼，「沒人告訴你，別亂碰別人的東西？嗯？」

「只能怪你沒本事看好自己的東西。」海棠冷笑，「況且，是她過來招惹我的。你的妻子渴望被外人偷走，我只是照她的期望，成為那名竊心的小偷。」

這是什麼鬼臺詞……雖然百般不願，但他還是認命地照演。

「住口！」柳浥晨咆哮，「念在同為協會一員的分上，我可以不追究過往。但你不准再與她有任何往來！即便你是她的大學學長！」

「恐怕沒辦法。」海棠傲然輕笑，「我只想要她的身體，但她卻把自己的心當成贈品一併奉上了。」

此端的海棠，對於說出這種臺詞，丟臉得想甩自己巴掌；彼端的希茉，興奮地頻頻點頭，暗暗握拳在心中叫好。

如此愛恨糾結的劇情……令她欲罷不能呀……

柳浥晨一腳踹開茶几，這段劇本上沒有，是她自己加的。她突然發現，演這種灑狗血的劇情有種痛快紓壓的感覺。

「你根本不了解她！她不可能愛上你這種人！」

海棠冷笑，「你霸道任性、一意孤行，難怪身邊的人總是想遠離你。」

他在說這句臺詞時，心底微微被刺痛……這話罵的雖是對方，但感覺說的是自己。

腦海裡浮現了封平瀾的容顏。

那個即便他一意孤行又霸道任性，卻一直黏著他、跑來找他的人……

柳浥晨一腳踹向海棠。海棠躍起，避開。

「我要殺了你——」她狂吼。

「我覺得這段劇情很多餘。」在遠端觀望的璁瓏低聲抱怨。

「管它的，反正都已經演了。」墨里斯回應。雖然莫名其妙，但他卻覺得有點精彩……

在一旁窺視的皸髓大致了解情況了。

滅魔師之間似乎產生內鬥，而原因是出於其中一人的伴侶。

真是太莫名其妙了，只有人類會為這種事大動干戈。

人類果然是麻煩的東西……

「兩位，冷靜一下。」一直沉默的蘇麗綰忽然開口。「再這麼爭吵下去也沒有意義，或許，我們可以直接問問尊夫人的意見。」

「什麼？」

「她又不在這。」

「噢？」蘇麗綰挑眉，「那麼，那幾隻一直在外頭偷聽的使魔，是誰派來的呢？」說著，她的眼神望向窗臺，和使魔四目相對。

海棠迅速射出符紙，將使魔捆捲緊縛。

鞑髓心一顫。

被發現了！

Chapter9

雖然有浴但不是混浴，殘念

鞁髓轉身正要逃亡，卻發現空中布下了結界，阻擋著他的去路。他四處亂竄，企圖找出突破口，但柳浥晨一行人已追了上來。

「是妖魔呢。」柳浥晨瞪著鞁髓，「但似乎沒看到他的主子。」

「是誰派你來的？不從者？」

鞁髓沒有回答，只是瞪著對方，找尋出手的時機。

海棠陰冷地瞪著鞁髓，揚起殘酷的笑容，「你該不會是前面幾隻妖魔的同伴吧？」

鞁髓咬牙，手臂猛地伸出薄翼，揮手從翼尾射出一記帶著毒素的刃波。

柳浥晨等人及時閃避，接著連番發動攻擊。

伊凡召出數百支短刃，同時射向鞁髓。鞁髓立即向後翻，躲過攻擊，同時扔出翼刃。蟬翼脫離了手臂，像迴旋鏢一樣，朝伊凡和宗蜮的方向劃去，但在中途就被蘇麗綰張開的繩網給纏擋住。

柳浥晨接著趕上，向上一躍，在空中召出巨鎚，然後朝鞁髓的位置重擊而下。

鞁髓連忙閃避，但仍被擊中，整個人重重地墜落地面。還來不及完全站起，海棠的刀隨後而至，在他的手上留下一道口子。

然後曇華的快劍接連出招，將薄翼刺得千瘡百孔，鞁髓立即化成數百隻使魔，躲過刀劍攻擊。但宗蜮的符鏢如雨而下，一瞬間刺穿了無數蟲體。

雙方陷入激戰，三組滅魔師的攻勢激烈而穩健，打得皸髓幾乎無還擊的時機。

「看來情況不錯。」在小木屋裡隔岸觀火的百嘹笑著開口。

「等皸髓逃走，整個計畫就完工了！」封平瀾興奮不已，看著整個危機即將解除，他的心彷彿懸在空中，無法呼吸。

「……不夠。」奎薩爾突然開口，打破了眾人的樂觀。

「什麼？」

「只是這樣的程度，不夠……」奎薩爾幽幽低語。

他見識過滅魔師的能耐。若是滅魔師，會有更強大、更絕對的威力，兩方的差距會更加懸殊。

眼前的召喚師們雖然表現不錯，但是和當年封印他們的滅魔師相較，完全不及那人的十分之一。

皸髓遲早會起疑。

「那怎麼辦？」封平瀾期待地看著奎薩爾，眼中充滿信任，「奎薩爾一定有辦法對吧？」

奎薩爾淡然地瞥了封平瀾一眼，沒有回答。

他逕自舉起手，電流在影中流竄躁動，發出滋滋的聲響。

紫色眼眸看著窗外，盯著那灰白的人影。

當鞍髓脫離了眾人圍攻、聚合形體降落時，千鈞一髮之際，影中的電流像箭矢般，沿著影子，遁地迸射而去！

鞍髓毫無防備，扎扎實實地中了這一波電擊。

火光、電光，在鞍髓身上爆閃。

「啊啊啊——」

淒厲的慘叫響起，灰色的肌膚片片剝落，變成一隻隻枯死的蟲。電火鑽入鞍髓體內，燒灼拆解著他的本體。

「哇……」封平瀾倒抽一口氣，「他會不會死掉？」

「三皇子的手下，沒這麼脆弱。」奎薩爾冷聲回應。

果然，鞍髓的本體燃燒到像手臂那樣細瘦時，便停止剝落。他痛苦地跪下，但立即撐起身子，張開破爛的翅膀。

他還剩一口氣，足以逃離的一口氣。

見對方準備逃跑，蘇麗綰企圖追上，沒想到鞍髓在振翅時，竟還有能力射出一記刃波。蘇麗綰趕緊停下腳步，但仍走避不及，眼看就要被刃波給擊中時，一陣白光閃過，將攻擊打偏，射向一旁的棕櫚樹。

蘇麗綰眨眨眼，鬆了口氣。她左右張望了一下，沒看見出手的人。

但她嘴角揚起淺淺的微笑。

「結束了！」封平瀾在小木屋裡用力拍手，迫不及待地打算衝出去，告訴大家危機解除。

但奎薩爾伸出手，擋住了他。

「不，還沒……」

外頭的柳浥晨等人見皸髓逃跑，以為已經結束，但沒收到危機解除的通知，便不敢鬆懈，繼續演下去。

「呿，被他逃了……」柳浥晨啐聲，「是誰的手下？印象中協會裡沒人有那樣的契妖。」

「可能是不從者的手下吧？」蘇麗綰回應。「近來他們越來越囂張了……」

「立即稟報協會，不能讓那些叛徒攪亂世局。」柳浥晨瞪了海棠一眼，咬牙威嚇，「我們之間沒完，這筆帳，將來我會一口氣討回……」

說著，三人與契妖步回屋中。

屋外回復寧靜。

過了幾分鐘，當眾人幾乎要放棄等待時，有了異動。

方才皸髗崩解在地的使魔堆裡，有一隻蟲屍前腳忽地動了動。然後，過了片刻，蟲子翻過身，振動翅膀，飛離。

那才是皸髗最後的本體。

在看著使魔飛遠之後，奎薩爾放下手。

鎮守在崗位上的契妖們，這時才懈下警戒。

危機，確定解除。

「耶耶耶耶！結束了！」

封平瀾開心地衝向 VILLA 報喜訊。

「結束了！大成功！大家都超棒！我、我太感動了！」封平瀾一邊拍手一邊奔入屋裡。原本是個很溫馨可喜的畫面，如果進屋的人穿著衣服的話。

「你幹嘛裸體?!」

「我沒裸體啊，我包著浴巾。」封平瀾指了胯下。

「幹嘛不穿衣服！」

「因為我要泡溫泉呀。我沒帶泳褲，只好先用毛巾圍一下了。」封平瀾豪邁地扭了扭腰，「班長該不會是害羞了吧?好純情喔，噗噗噗……」

「我何必害羞?」柳浥晨折了折手指，「因為你馬上就要變成和我一樣性別，我們會成為不錯的姐妹淘。」

封平瀾夾緊腿，「噢噢，不用了，謝謝，我還想跟小平瀾白頭到老。」

他轉頭，正好看見海棠將被捆捲隔離在符紙中的咒蟲裝入封印的玻璃罐中。

海棠看見封平瀾，便將頭撇開。

「海棠！」封平瀾衝向前，企圖給海棠一個擁抱，「你太厲害了！不管是咒術還是演技都無懈可擊啊！」

海棠閃避開封平瀾的接觸。

「我只是為了自己……」海棠桀驁地回答。

封平瀾笑了笑。「不管怎麼，你畢竟守護了我們的家……」

家？那算家嗎？

不曉得。至少留在那洋樓裡，讓他感到輕鬆自在……

海棠的情緒有點複雜，自從認識封平瀾後，他越來越不了解自己了。

封平瀾向前一步，賊賊地低語，「雖說尊夫人紅杏出牆，令人遺憾。」他三八地拋出了個媚眼，「不過，我有榮幸遞補她的位置嗎？哈哈哈哈！」

海棠臉色驟變，斥罵，「離我遠一點！你這白痴！」

當眾人往觀海VILLA聚集時，百嘹沒跟隨，而是沿著造景步道，來到了幽黑的小花園裡。

一名紮著馬尾、穿著中式長袍的人影正站在那，遠眺著觀海 VILLA。

「既然來了，何不過來坐坐？」百嘹笑著開口。

剛才蘇麗綰遇險，出手相救的就是終紘。

「不必。」終紘冷著臉，移開目光，「我得走了。」

「明明會擔心，為什麼不說？」百嘹不解，好奇，「你的主子很喜歡你。」

終紘沉默片刻，「……我知道。」正是因為如此，他才會……

百嘹看著終紘離去的背影，搖了搖頭。

「真辛苦呀，何必把自己搞得那麼悲情？」他輕笑，轉身邁向回程，「所以我討厭人類。」

強悍的妖魔，遇到人類，卻變得這麼軟弱。

不只肉體被收編為奴，連堅韌的心也被名為愛的可笑情感給侵蝕……

人類啊，有腐化其他物種的可怕本能。

他得小心點，千萬不要落入這荒唐可悲的泥淖裡。

回到屋中，他看著歡鬧成一片的人與妖，看見站在一旁漠視著一切的奎薩爾。

他笑了，帶了點惋惜和嘲諷。

對某些人而言，似乎已經來不及了呢……

自屍堆裡爬出的使魔，撐著孱弱的身子飛離，然後咬牙以蜻蜓點水的方式，一段一段地進行縮距移形。

當他抵達主子身旁時，已是另一個白天。

「看起來挺慘的。」看著滿身瘡痍的䡊髓，三皇子只是淡淡說了一句，「有被跟蹤嗎？」能將䡊髓傷至如此，敵手絕非泛泛之輩，他可不希望引狼入室。

「沒有！我分化出使魔詐死，然後用剩下的體力製作了一個完整的分身，引開敵人……」

那時如果滅魔師等人追著他的話，會發現他在半路就化成死蟲堆，怎麼看都像是力竭而亡。

三皇子點點頭，「所以，結果是？」

「是巡行的滅魔師！有三人！他們被協會召集而來！」䡊髓用力吐出自己冒死打探來的消息，「其中一個在行經城鎮時遇到了伺目和尨猔，過沒多久玖蛸也出現，所以他懷疑那個城鎮有什麼祕密。那裡已經被滅魔師們盯上了！」

「這樣呀……」

無所謂，反正伺日會經過那裡也是例行巡邏，遇到滅魔師只能算他們倒楣了。

他們的計畫和據點沒被發現就好。

「滅魔師帶著的契妖有誰？」

「其中一個是曇華！另外兩個沒見過，但是，很強！」

「是嗎？」曇華是二皇子的手下，大戰之初就失蹤，沒什麼影響力，不足為懼。

只不過，竟然出現了三名滅魔師，協會召集滅魔師打算做什麼？

難不成他的計謀敗露了？那可就麻煩了呢。

三皇子淺笑。

無所謂。或許，該是聯絡盟友，請他出面調查了……

眾人把戰鬥痕跡清除後，百潦撤下昏睡咒，整間飯店回復正常運作。

原本璁瓏和柳浥晨等人打算去販賣中心買些食物填肚子，但服務生非常好心地告訴他們，有任何需要只要打電話就好，一切設施和服務都免費。

於是，他們非常豪邁地點了豪華餐點，狂嗑了一頓。雖然服務人員對於麵粉和牛奶這兩項東西的用途感到困惑，但都非常專業地尊重客人的嗜好和隱私。

封平瀾原本想泡在露天浴池裡一邊賞景一邊吃螃蟹，但當他起身覓食時，腰間的毛巾不慎落下，引起眾怒，便被食物攻擊，轟回小木屋去。

小木屋的格局雖然不像頂級觀景 VILLA 那麼豪華，但也非常典雅舒適。房裡附有檜木浴缸，別有一番古樸自然的風味。

封平瀾打開水龍頭在浴缸裡蓄水，接著沖澡。

「嘿嘿嘿……」

他忍不住笑了起來，不只是因為計畫成功，而是因為他又能和他的契妖、他喜歡的同學們繼續相處一陣子。

沖完澡後，他泡進浴池裡，發出愉快的嘆息，接著開始唱起自己胡亂編的奎薩爾之歌。

「奎薩奎薩奎薩爾～煞氣滿點奎薩爾，萬年臭臉還是很帥看著臉就能配三碗飯……」

荒腔走板的歌聲響徹整棟小木屋。

坐在陽臺倚牆休息的奎薩爾皺起眉。

那傢伙怎麼回來了？

他本以為今晚耳根子可以清靜，能好好靜養……

奎薩爾深深地吸了口氣，吐出。

他的體力還沒完全回復。雖然不久前因失誤而吸了封平瀾的血，但當他一回神便立即停止，進食的量尚未補足他流失的體力。

想起封平瀾，他的內心一陣複雜。

他們不費一兵一卒，沒有任何損失，沒和召喚師起衝突，沒被三皇子發現而引來戰爭。他們能繼續原本的日子，繼續安心地找尋雪勘皇子。

這是封平瀾的功勞。

他不得不讚許，封平瀾的才智足以傲視幽界任何一個皇子的謀士，甚至超越許多皇子。

但是，他又不免糾結，他不想稱讚人類，也不想當個不知感恩的垃圾。況且，對方又是封平瀾。

那個令他動搖的人類。

他從一開始就不想和封平瀾太過接近。但是，理由似乎不知不覺地悄悄改變了。

起先是出於對人類這種生物的厭惡。漸漸地，是出於對自己的厭惡……

他發現自己最近總是會不小心拿封平瀾和雪勘皇子相比，不自覺地因封平瀾而想起過去。

他是企圖在封平瀾身上找尋雪勘的影子，還是想把封平瀾變成另一個雪勘？

他不確定，這樣的念頭，算不算是對雪勘皇子不忠……

「……雖然肉又冷又硬～其實嘴很嫩～耶～想吃蔥呀！」

怪異的歌詞和口白自遠方傳來。

奎薩爾本打算無視，繼續沉默休養。

但，一股淡淡的血腥味，和著水氣，拋散到夜空裡。

奎薩爾睜開眼。

這是……

他遲疑了片刻，接著起身，遁入影中。

「薩、薩、薩，奎薩爾不是校醫，是我——」

原本牆面的影子忽地凸起，一道身形穿影而出。

「奎薩爾？」封平瀾沒料到他會出現，驚呼。「是奎薩爾！」

面對那刺耳的叫聲，奎薩爾沒多言，也沒斥責，只是冷眼望著他。

封平瀾有點不好意思地抓了抓頭，「我吵到你休息了嗎？」

奎薩爾無奈地輕嘆一聲，沒肯定也沒否定。

「不過，既然來的話，」封平瀾咧嘴一笑，「奎薩爾要不要也來泡澡？」

「……你表現得不錯……」剛毅的薄唇冷冷吐出這句話，語氣聽起來像是恐嚇人一般，但確實是稱讚。

封平瀾眨了眨眼，夢囈般地輕語，「……啊呀，我是不是泡澡泡太久，出現幻覺啦？」

奎薩爾的眼神望向封平瀾的肩，他順著目光低下頭，發現自己肩上初結的痂不知何時脫落，尚未痊癒的傷口正滲著血。

「噢，應該是剛剛洗澡時弄到的，傷口又裂了。」封平瀾不以為意地用食指抹去肩上的血。

手，忽然被握住，他愣愣抬頭，卻看到奎薩爾將他沾著血的指尖含入唇中。

封平瀾眼睛瞪大到幾乎要掉落。

啊呀，早知道他應該常泡澡，這樣就能經常做這種美夢了……

呃，話說，他好像真的泡太久，眼前景象開始變得花花的，頭變得很重……

片刻，奎薩爾輕輕放開封平瀾的手，他看著封平瀾渙散發昏的眼眸，微微地嘆了口氣。

「我們遲早會分離，你只是暫棲之所。」

「……我知道呀……」封平瀾趴在浴池邊，傻呵呵地回應。

看來已神智不清了。

「你不必為我們做這麼多事……」

「可是我想嘛……」

「那會造成我的困擾。」

「那還真是對不起吶……」封平瀾的眼眸緩緩閉上。

奎薩爾以為對方已睡去，伸手，緩緩移向對方肩頭的傷口。

沒想到封平瀾又忽地睜開眼，他微微一愣，手停在半空中。

但封平瀾似乎沒有發現，只是瞪著奎薩爾，像是交代遺言般地開口，「我想到了……」咧起詭異的傻笑，「奎薩爾，可以幫我一個忙嗎……」

奎薩爾挑眉，他不曉得封平瀾要他幫什麼。

「拜託……」封平瀾哀求。

他沉默了片刻，然後，壯士斷腕般、勉為其難地點下頭。

封平瀾幫了他們這麼多，回報一些小恩小惠無所損失。

「謝謝……」封平瀾閉上眼，「就這麼說定囉，奎薩爾老師……」

奎薩爾挑眉，不解對方為何會稱他老師，他有不好的預感。

但，無所謂。他相信，封平瀾不會提出過分的要求，不會對他們不利。

他對自己這份信任感到一陣懊惱。

過去，他信任的人只有雪勘皇子而已……

封平瀾的意識緩緩沉下，陷入睡夢當中。

當他快要踏入夢鄉的前一刻，彷彿聽到了奎薩爾的低語。

「……過去我從未因分離而悲傷，我希望往後也是如此……」

言下之意是，奎薩爾覺得自己可能會因為和他的分離而感到悲傷嗎？封平瀾在心裡反問。

啊……這一定是幻聽吧……哈哈哈。

浴室裡，有如夜色一般的修長人影已悄悄消失。

封平瀾肩上的傷也消失無蹤，只剩淡淡的粉色疤痕。

屋外，未開花的櫻樹枝葉間，停棲了一隻烏鴉，身形完全融入黑夜之中，讓人無法辨識。

但，異色的雙眼，在黑暗中分外鮮明。

烏鴉盯著屋子，紅色的眼眸看透了屋瓦梁柱，裡面的一舉一動，盡收眼底。

片刻，振翅，悄然無聲地飛離。

Epilogue

不想忍受上司的嘴臉就自行創業

當封平瀾一行人拿著裝在罐裡的使魔及完整的調查報告出現在三大社團的社長面前時，蕾娜和曹繼賢的表情像是在飯裡吃到斷指。

「我們發現這個景點有異狀，前去觀察，果然發現了僭行的妖魔作祟。」封平瀾把早已想好的說辭流暢地道出。

偵查過程中出了點狀況，因此引發戰鬥，且被一些平凡人目擊了不自然的光和巨大影子。因此當戰鬥結束、擊退妖魔後，他們在小木屋周遭的樹上掛上些玻璃裝飾，並到附近的海域施放煙火，宣稱異常的光影閃動是玻璃折射煙火所導致。

破解飯店異常現象產生原因的文章，已張貼在各大討論版，以及魔術研設立的「鬼話終結者」論壇上。

非常完美地解決了任務。

「所以，測驗結果如何呢？」柳浥晨幸災樂禍地提問。

三名社長互看一眼，忍痛宣布。「全部通過……」

「耶！太好了！」封平瀾拿出三張入社申請表，「那我三個都要加入！」

曹繼賢挑眉，「你確定？」

「沒錯！」封平瀾開心地回應，「快點快點，大家都要簽，我等一下還有事要去學務處呢！」

曹繼賢和蕾娜互使了個眼色。

「很好，有志氣。」他們爽快地蓋下社印。

這只是開始，入社之後，不會讓他們有好日子過的！

封平瀾歡呼了聲，抽走申請書。其他人也拿出申請表，各自參加了一個社團。

蕾娜皮笑肉不笑地開口。「很高興各位加入。」

「妳的表情不像是高興的樣子。」柳浥晨笑著點破，「戲劇研的社長怎麼演技這麼差呀……」

「我現在沒有在演戲！」

「噢，了解。」柳浥晨點點頭，「原來是肉毒桿菌打太多了。」

蕾娜橫眉怒目，但又不便直接發飆，只能咬牙切齒。

「本來新社員入社都有歡迎會的，但因為各位是中途加入，所以不便舉辦，還請見諒啊。」曹繼賢假惺惺地開口。

「噢，沒關係的。」封平瀾收起申請書，拿出另一份文件，笑咪咪地遞到三名社長面前，「因為我要退社。」

社長們及所有同行者，全都錯愕。

「你說什麼？」

「你要退社?!」

在千辛萬苦通過考驗之後，竟然要退社！

這小子是瘋了嗎！

「嗯，對。」封平瀾指了指退社申請表的核准欄，「幫我蓋章。」

「喂！你給我想清楚——」

蕾娜和曹繼賢回過神，趁著封平瀾還沒反悔，迅速地蓋上章。艾迪也跟進。

「大功告成。」封平瀾收起申請表，「我還有事要去行政大樓，先走一步啊！大家，晚點見囉。」語畢轉身離開。

一行人跟在封平瀾身後逼問。

「你這小子到底在搞什麼鬼！」

「是不是體育課時被鉛球打中腦袋？」

「冬犽，你做飯給他吃了嗎？」百嘹轉頭發問。

「我——」冬犽還來不及澄清，封平瀾就先開口否定。

「沒有啦！那樣會死人吧！」

冬犽的表情似乎有點受傷，但還是苦笑。

「你到底有什麼打算？」柳浥晨好奇，她見識了封平瀾的腦子，她相信這傢伙不會做沒有理由的事。

封平瀾勾起笑容，「晚一點你們就知道啦！」

趁著午休未結束，封平瀾趕緊前往導師辦公室，在辦公室外遇到了正走出門的海棠。

「嗨，海棠，你怎麼在這？」

海棠遲疑了一下，開口，「這次引開鞁髓，影校說我也有功勞，所以減輕了我之前的處分……」

「真的？太好了！」

「不過廁所還是要掃。」

「噢，沒關係啦，那點小事。」封平瀾揮了揮手。

「你又來做什麼？」

「嘿嘿嘿……」封平瀾露出神祕的笑聲，「好奇的話，一起進來吧！」

海棠本來打算直接走人，但他正要轉身時卻被封平瀾拉住了手，直接帶進殷肅霜的辦公室裡。

殷肅霜看見來者，忍不住嘆了口氣。

「有什麼事？」

「我來交申請書，海棠是陪我的。」

「申請書？」

「對！」封平瀾笑著將準備好的牛皮紙袋遞到殷肅霜面前，「社團成立申請書，創社宗旨、活動計畫和預算表，全都在裡面。」

殷肅霜詫然，拿起桌面的紙袋，抽出裡頭的紙本。

只見裝訂好的文件封面寫著「**社團研究社**」五個字。

「這是幹什麼的？」

「魔術研究社破解魔術手法，戲劇研究社研究舞臺理論。所以社團研究社就是研究各社團的運作、考察檔案紀錄、檢核各社團活動成效的社團。」封平瀾簡單地解說著。「而且我們不要求經費，不需要社團教室，學生會非常讚許這個社團喔！」

殷肅霜皺眉，「你們等於是免費的白工，幫他們審查社團活動，問題是，成立這個社團是——」

啊，他懂了。他知道封平瀾在打什麼主意了。殷肅霜臉上不動聲色，但心裡暗暗輕笑。

真虧這傢伙想得出這種方法。

不過，三大社團的資訊都只是些枝微末節的片段訊息，離完整的真相還非常遠吶。就連影校的他們，目前也只比封平瀾等人多知道一點點。

但，如果是封平瀾的話……或許可以期待，從那些看似不相關、無價值的資料中，探索出連他們也不知道的情報吧。

「創社者得具備兩個以上的社團參與經驗。」殷肅霜提醒。

「有！」封平瀾拿出熱騰騰的社團申請書和退社申請書。「我當過這三個社團的社員！」

雖然不到三分鐘。但，沒人規定不行。

殷肅霜輕笑著翻了翻文件，「看起來是沒有什麼問題，但是還差一項條件。」他抬起頭，翻到其中一頁，攤平，「要十個人以上才能成立社團，目前你的連署單上只有你一個人的名字。」

「一定要連署到規定人數才能成立嗎？不能先成立再找社員？」

「規定是這樣。你可以晚點再交來。」

「噢，好吧……」他本來想給其他人一個驚喜的說。

封平瀾正要收回資料夾時，海棠比他快了一步，走向前，在連署單上率性地簽下了自己的名字。

「海棠?!」

「我目前沒社團。」海棠沒有直視封平瀾，一副勉為其難的口吻，「我被劍術社退社，沒有社團敢收留我。」

殷肅霜瞄了頁面上的簽名一眼，「還差八個。」

「還有我們！」

門扉忽地被打開，只見封平瀾的契妖們，還有蘇麗綰、柳浥晨、宗蜮、伊凡和伊格爾，全都出現。

看著這群問題分子，殷肅霜覺得額頭又在隱隱作痛。

「你們怎麼都來了？」封平瀾驚訝地開口。

「看你在搞什麼鬼。」墨里斯回答。

「我討厭有祕密！」璁瓏指著封平瀾，「下次不准來這套。」

「既然問遍了相關人士都沒人知道，只好直接過來一探究竟囉，呵呵呵。」

「你這混帳，搞這麼轟轟烈烈的事也不先說一聲！」柳浥晨怒斥，「你害我多忍受了五分鐘蕾娜的機車臉！」

「我在戲劇研不會有什麼成長，也該轉換跑道、另謀發展了。」蘇麗綰客氣有禮地說著。

「不是說過了，有趣的事一定要算我一份，這麼好玩的事怎麼可以不講！」伊凡嘟著嘴抱怨。

「可是，你們不是已經有社團了……」

「那麼無聊的地方，不去也罷。」伊凡皺了皺鼻子，「還是跟著你們比較有趣啊。」

「這樣，已經超過十人了，可以通過了嗎？」冬犽柔聲詢問。

殷肅霜嘆了口氣，「人數是夠了，但你們沒有社團指導老師……」

「有喔！」封平瀾燦笑。「我已經找到人了，超棒的人！」

雖然他還沒有明確地去詢問，但不曉得為何，他總有種感覺，非常確定對方會答應。

同一時間，醫療中心的辦公室裡。

悠揚的樂聲充斥在屋中。

坐在椅上的頎長身影似乎心有靈犀一般，微微發出認命的輕嘆。

黃昏時分，鵝黃色的光將城市染上慵懶的氣息。

廣場上三三兩兩地散布著悠閒的旅客，各個角落都有街頭藝人表演著自己的才藝。

一名拉奏著小提琴的男子面前聚集了幾個人，他的同伴用渾厚的嗓音，操著複雜的唱腔，詠唱著壯闊的歌劇。

忽然，有人的手機鈴聲響起，打擾了演出。這名聽眾起身向表演者點頭致歉，離開到遠一點的地方，接起電話。

「協會的滅魔師，近來似乎很活躍吶……」電話彼端，傳來溫和嗓音。

「何以見得？」

「我的手下探查到的。他發現滅魔師似乎在商討著某些計畫。是不是從哪裡聽聞了什麼風聲呢？」

男子笑了笑，「你在懷疑我嗎？」

「怎麼會呢，只是好奇罷了。」

「告訴我詳情，我才能回答你。」

「滅魔師帶著他們的契妖密謀某些事，我的手下在探查的過程中被攻擊，所以沒得到什麼有用的資訊，只知道協會下了召集令要他們回去。」三皇子輕描淡寫地說著。他不打算透露太多情報，以免對方有機會查出太多事，他可不能讓對方知道的比自己還多。

雖然是盟友，但總有一天可能反目，他得小心為上……

「契妖?召集令？」男子挑眉，似乎有些訝異，「你確定他們是這樣說的？」

「是的，我很確定。」三皇子聽出對方的訝異，對於自己的情報領先感到些許得意。

男子輕笑了一陣，沒多說什麼。「我會注意的。」

「我不希望我的計畫在實現之前，就被協會從中擾亂……」

「當然，我也不希望。」

電話掛斷。

男子將手機收起，笑著低語，「你被愚弄了呢，三皇子……」

滅魔師的行事低調，在協會裡除了闇行司外，沒人知道他們的身分。見過滅魔師的妖魔全都死了，不可能有妖魔能從三位滅魔師手中逃離。也不可能有滅魔師聚集在一起。因為協會顧忌滅魔師的能力，因此滅魔師之間無法聯絡，也不知道彼此的身分。

最重要的一點就是，滅魔師沒有契妖，他們不和妖魔訂契約。

滅魔師生來就有毀滅妖魔的能力，對他們而言，自己就是最有效的武器，不需任何妖魔協助。

他不曉得是誰演了這齣戲給三皇子看，不曉得對方的目的。

但他產生興趣了。

他折返廣場，走向那蹲在最前方、痴迷地聽著演奏的瘦小身影。

「該走了。」男子輕柔地開口。

瘦小的黑髮少年依依不捨地起身，臉蛋輪廓不像是東方面孔。

「要回家了嗎？」

「不，」男子微笑，「行程變了……」

——《妖怪公館的新房客03》完

高寶書版集團
gobooks.com.tw

輕世代 FW130
妖怪公館的新房客03

作　　者　藍旗左衽
繪　　者　諼
編　　輯　謝夢慈
校　　對　林思妤
美術編輯　陸聖欣
企　　劃　林佩蓉
排　　版　彭立瑋

發 行 人　朱凱蕾
出　　版　英屬維京群島商高寶國際有限公司臺灣分公司
　　　　　Global Group Holdings, Ltd.
地　　址　臺北市內湖區洲子街88號3樓
網　　址　www.gobooks.com.tw
電　　話　(02) 27992788
電　　郵　readers@gobooks.com.tw（讀者服務部）
　　　　　pr@gobooks.com.tw（公關諮詢部）
傳　　真　出版部　(02) 27990909　行銷部 (02) 27993088
郵政劃撥　50404557
戶　　名　三日月書版股份有限公司
發　　行　三日月書版股份有限公司/Printed in Taiwan
初版日期　2015年3月
十六刷日期　2021年3月

國家圖書館出版品預行編目(CIP)資料

妖怪公館的新房客 / 藍旗左衽著.-- 初版.
-- 臺北市：高寶國際, 2015.03-
　冊；　公分. --

ISBN 978-986-361-113-4(平裝)

857.7　　103019675

三日月書版

三日月書版

GOBOOKS
& SITAK
GROUP©

GOBOOKS
& SITAK
GROUP©